DETEKTIVISCHES DILEMMA

MISS DOLITTLES GEHEIMNIS
BUCH 18

MOLLY FITZ

KATZENGEHEIMNISSE

ANMERKUNG DER AUTORIN

Das war's! Dies ist das letzte Abenteuer von Angie und Octocat. Vielen Dank, dass ihr den beiden achtzehn Bücher und eine Kurzgeschichte lang einen Platz in euren Herzen – und in euren Bücherregalen – gegeben habt.

Um ganz sicherzugehen, dass ihr keine Folge verpasst habt, findet ihr nachstehend nochmals sämtliche Bände in der richtigen Reihenfolge. Die Kurzgeschichte habe ich mit einem Sternchen gekennzeichnet.

Kommissar Katerchen
Trouble mit dem Terrier
Samtpfoten-Schikane
Fellnasen-Verbrecher

Tierische Täuschung

Das Chihuahua-Komplott

Waschbär-Wirrwarr

Himalaya-Horror

*Santas Sabotage

Blutige Bescherung

Die Retriever-Rettung

Kätzchen-Konfusionen

Die Möwen-Mission

Grizzlys in Gefahr

Die perfide Perserkatze

Falsches Spiel am Futterplatz

Die schlitzohrige Sphynx

Der Fluch der Flitterwochen

Detektivisches Dilemma

Ich hoffe, euch wird *Detektivisches Dilemma* gefallen und ihr seid mit dem Ende zufrieden.

Okay, damit ist die Serie *Miss Dolittles Geheimnis* zwar offiziell abgeschlossen, aber lasst mich euch verraten, dass bereits zwei einzigartige Spin-offs in Arbeit sind. Außerdem plane ich, noch dieses Jahr einen Nachspann zu veröffentlichen, in dem ihr dann erfahrt, wie es bei allen in ihrem neuen Leben weitergeht.

ÜBER DIESES BUCH ...

Jetzt ist es passiert. Jemand hat mein Geheimnis gelüftet.

Was als harmlose Online-Belästigung beginnt, wird schnell wesentlich bedenklicher, als mein Erpresser unwiderlegbare Beweise für meine Fähigkeit, mit Tieren sprechen zu können, vorlegt und damit droht, mich vor aller Welt bloßzustellen.

Wenn sich das mit meiner geheimen Superkraft herumsprechen sollte, wird nichts mehr so sein wie vorher – weder für mich noch für all diejenigen, die ich liebe.

Da mehr auf dem Spiel steht als je zuvor, beschließen Octocat und ich, diesen letzten Fall zu übernehmen ... die Identität des anonymen Schurken aufzudecken. Und anschließend müssen wir uns die schwierigste aller Fragen stellen: Wie geht es jetzt weiter?

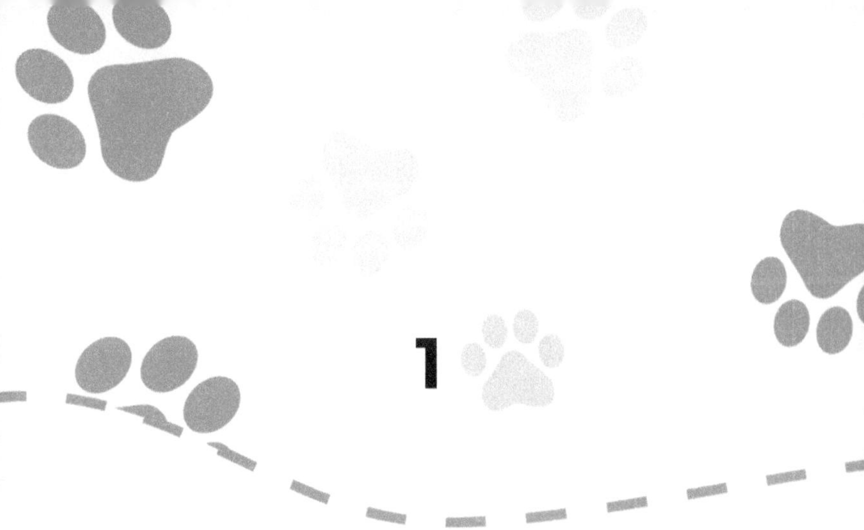

1

Mein Name ist Angie Russo, und alles in allem habe ich ein ziemlich erfülltes Leben. Lange Zeit hatte ich Schwierigkeiten, meinen Weg zu finden und einen Abschluss nach dem anderen erworben, ohne zu wissen, was genau ich eigentlich werden wollte.

Nie hätte ich damit gerechnet, dass mein mieser Job als Anwaltsgehilfin in der hiesigen Kanzlei mir nicht nur Charles, den weltbesten Ehemann, sondern auch noch meine sehr spezielle, *sehr geheime* Fähigkeit bescheren würde.

Also, ja, ich kann mit Tieren sprechen, und diese Tatsache ist es, die meinen Alltag mehr oder weniger bestimmt.

Alles begann damit, dass mir während einer Testamentseröffnung eine defekte alte Kaffeemaschine einen Stromschlag verpasste und ich das Bewusstsein verlor. Als ich wieder zu mir kam, hockte ein Kater auf mir, der zufälligerweise der Alleinerbe sämtlicher Besitztümer der Verblichenen war. Mit seinem abscheulich nach Thunfisch stinkenden Atem teilte er mir mit, dass seine alte Dame keines natürlichen Todes gestorben sei und es nun an mir läge, ihm zu helfen, den Fall aufzuklären und den Mörder zu überführen.

Anfangs konnte ich nur mit ihm sprechen – mit Octocat, wie ich den Guten ab dato nannte. Inzwischen jedoch unterhalte ich mich mit so ziemlich jedem Tier, das dazu bereit ist. Zu meinem festen Gefolge gehören neben meinem Kater auch die beiden haarlosen Katzen meines Mannes, Jacques und Jillianne, unser neu adoptiertes Kätzchen Charlene und Pringle, der Waschbär, der sich in ein schickes Baumhaus in unserem Garten einquartiert hat.

Paisley, die kleine Chihuahua-Hündin, die meine Großmutter aus dem Tierheim geholt hatte, ist bei ihr geblieben, als sie mit ihrem frisch angetrauten Ehemann Grant in ein eigenes Haus zog. Es ist ungewohnt, die Kleine nicht mehr ständig um mich zu haben und ich vermisse sie schrecklich, obwohl ich sie immer noch fast jeden Tag sehe. Zumindest hat sie einen Spielgefährten an ihrer Seite – Grants gerettetes Häschen namens Nini.

Obwohl es seltsam ist, so ohne Grandma, muss ich gestehen, dass mir das Eheleben ausgesprochen gut gefällt, auch wenn Charles mittlerweile zum Seniorpartner dieser zuvor erwähnten Anwaltskanzlei avanciert ist und sehr viel arbeitet. Ich hingegen habe kaum etwas zu tun, da es meiner Privatdetektei wie üblich an Kunden mangelt.

Also fasste Großmutter den Entschluss, diesen Umstand zu nutzen und mich in die Geheimnisse eines perfekt organisierten Haushalts einzuführen. Putzen kann ich mittlerweile schon recht gut. Meine Kochkünste jedoch lassen nach wie vor sehr zu wünschen übrig. Aber da ich ja jede Menge Zeit habe, wird auch das noch werden.

Um meine Tage zumindest halbwegs sinnvoll zu gestalten, lese ich inzwischen mehrere Bücher pro Woche. Das ist einerseits zwar traumhaft, andererseits langweilt es mich so allmählich.

Bitte versteht mich nicht falsch ... Mir gefällt es natürlich, in die Abenteuer anderer einzutauchen. Aber noch lieber würde ich meine eigenen erleben und nicht nur Zuschauer sein. Da tut sich aber leider in letzter Zeit nicht allzu viel.

Schon eigenartig, wie öde es sein kann, wenn alle Wünsche in Erfüllung gegangen sind. Fast fühlt es sich so an, als hätte man nichts mehr, wonach man streben könnte. Als hätte man bereits alles erreicht – und noch viel mehr.

Mit Charles' großzügigem Gehaltsscheck und Octocats Treuhandfonds sind wir zwar finanziell mehr als gut aufgestellt. Trotzdem wäre ich wesentlich zufriedener, wenn mein eigenes Business besser laufen würde.

Dagegen sprechen vorrangig zwei Gründe. Erstens haben Großmutter und Mom sich von Anfang an eingemischt und das Gewerbe bei der staatlichen Behörde zwar auf meinen Namen, aber als Pet Whisperer P.I. angemeldet. Aus der Nummer komme ich nicht mehr raus. Zweitens bin ich nicht die alleinige Inhaberin. Octocat ist mein Partner. Und mit ihm zusammenzuarbeiten, ist nicht immer einfach.

Eigentlich will er überhaupt nicht arbeiten. Und schon gar nicht mehr, seit er meine Hochzeit zum Anlass genommen hat, seine langjährige Fernbeziehung zu Grizabella, einer ehemaligen Showkatze, zu legitimieren. Und nachdem Charles und ich die kleine Charlene aus den Flitterwochen mitgebracht hatten, blühte unser Octavius in seiner neuen Rolle als Vollzeit-Papa so richtig auf und kritisiert mich permanent. So allmählich habe ich die Hoffnung aufgegeben, dass er sich je ändern wird.

„Sitz doch mal gerade", knurrte Octocat, kaum dass er unser gemeinsam genutztes Büro betreten hatte.

Ich stieß einen langen, frustrierten Seufzer aus, richtete mich auf und klappte meinen Laptop zu. Dann drehte ich mich auf meinem Schreibtischstuhl zu meinem vierbeinigen Partner um. „Wo ist Charlene?", erkundigte ich mich und zog fragend eine Augenbraue hoch.

Er hockte sich vor mich hin und leckte sich träge eine Pfote. „Die Nackedeis haben sie sich geschnappt und erteilen ihr Unterricht in was weiß ich."

Ich stöhnte auf. „Kannst du nicht endlich damit aufhören, so respektlos von deinen neuen Geschwistern zu reden?" Trotzdem fand ich es entzückend, dass alle drei unseren Neuankömmling so liebevoll aufgenommen hatten und sich sogar dazu herabließen, sie zu unterrichten. Und auch wenn ich wenig bis keine Ahnung hatte, was sie ihr in diesen Stunden beibrachten, schienen alle mit dem Ergebnis mehr oder weniger zufrieden zu sein. Also fragte ich nicht weiter nach.

Er ließ seine Pfote auf den Boden plumpsen und starrte mich mit großen, bernsteinfarbenen Augen an. „Würde es dir besser gefallen, wenn ich sie wieder als Eindringlinge tituliere?"

„Aber ihr kommt mittlerweile doch alle bestens miteinander klar", argumentierte ich und trommelte mit den Fingern auf meinem Knie herum, während ich verzweifelt überlegte, wie ich das Gespräch in eine andere Richtung lenken konnte, bevor mein Katzenpartner wieder aggressiv wurde.

Er legte den Kopf schief. „Deshalb ja der neue Spitzname. Du kannst ja wohl kaum abstreiten, dass sie splitterfasernackt sind, Angela. Wenn sie an dieser Tatsache etwas ändern wollten, hätten sie sich längst ein Fell wachsen lassen."

Ich beschloss, diese Feststellung lediglich mit einem Augenrollen zu quittieren.

Sein Blick wanderte zum Schreibtisch, dann zurück zu mir. Glücklicherweise war er es, der das Thema wechselte, auch wenn mir das, was er jetzt zu sagen hatte, nicht viel besser gefiel. „Bist du schon wieder fertig mit deiner Arbeit? Du hast doch gerade erst gefrühstückt."

„Ich komme einfach nicht richtig vorwärts und finde es nicht gut, Charles' sauer verdientes Geld für die ganzen Anzeigen auszugeben, die doch offensichtlich nichts bringen."

„Wann immer du mein Geld zum Fenster hinausgeworfen hast, hattest du nie ein schlechtes Gewissen", erwiderte er überheblich.

Hitze stieg mir in die Wangen. „Das war etwas völlig anders", druckste ich herum und blickte verlegen auf die Hände in meinem Schoss, bevor ich mich wieder ihm zuwandte.

„Ach so?" Er neigte erneut den Kopf zur Seite und musterte mich neugierig. „Da bin ich jetzt aber gespannt. Schieß los."

„Na ja, du bist mein Geschäftspartner, und es ist ja nicht so, als würdest du wirklich für dein Gehalt etwas tun", murmelte ich irgendwie kleinlaut. Leider konnte ich ihm in Sachen Selbstbewusstsein nie das Wasser reichen.

„Wie bitte? Ich arbeite nichts?", erwiderte er höhnisch. „Ich glaube es nicht. Der Meinung bist du also? Dann lass dir mal gesagt sein, dass ich gewissermaßen Tag und Nacht schufte, um dich im Auge zu behalten."

Ich presste beide Handflächen auf meine Oberschenkel und erhob mich. „Hör zu, ich will wirklich keinen Streit mit dir anfangen oder so. Momentan bin ich einfach frustriert, das ist alles."

„Den Grund dafür habe ich dir schon lang und breit erklärt. Du hast deine Dienste einfach zu oft umsonst angeboten, und jetzt will niemand mehr etwas dafür bezahlen."

Ich seufzte. Octocat war zweifellos ein guter Detektiv, allerdings ein lausiger Geschäftsmann. Okay, ich war auch nicht besser, aber immerhin hatte ich erkannt, dass ich noch viel lernen musste. Er hingegen schien sich in allen Dingen für unfehlbar zu halten.

An der Tür hielt ich inne und drehte mich nochmals zu ihm um. „Es ist ja nicht so, dass …"

„Ganz zu schweigen davon, dass du das einzige Mal, als du einen gutsituierten Kunden hattest, ihm das Verbrechen anhängen musstest", fuhr er mit immer lauter werdender Stimme fort, als wäre dieses das Dümmste, was ihm je untergekommen war.

„Er war ja auch schuldig", gab ich zurück. Ehrlich gesagt reichte es mir schon wieder, aber aus Erfahrung wusste ich, dass mein Kater nicht eher lockerlassen würde, bis er mir alles an den Kopf geworfen hatte, was es dazu zu sagen gab. Und das konnte dauern. „Ich hätte also deiner Meinung nach ein Auge zudrücken sollen, nur weil er bereit war, uns zu bezahlen?"

Er zuckte mit den Schultern. „Alles, was ich damit anzudeuten versuche, ist, dass es aus unternehmerischer Sicht keine clevere Entscheidung war."

Hmm ... hatte er recht damit? War ich, was unser Business anbelangte, ein hoffnungsloser Fall? Welche Option blieb mir? Losziehen und mich von einer anderen Detektei anstellen lassen? Nein, das kam nicht in Frage! Ich wollte mein eigener Herr bleiben, also sollte ich mich anstrengen, auch den bürokratischen Teil auf die Reihe zu bekommen. *Uff!* Oder war es an der Zeit, mir meine Niederlage einzugestehen? Alle anderen Träume waren wahr geworden. Warum also klammerte ich mich wie eine Besessene an den letzten, der sich nicht erfüllen wollte?

„Vielleicht sollte ich Charles um einen Job als Anwaltsgehilfin bitten", seufzte ich. „Darin war ich gar nicht schlecht. Dann hätte ich endlich wieder etwas zu tun und würde mich nicht so nutzlos fühlen."

Als Antwort darauf knurrte er mich an. „Untersteh dich, mich hier den ganzen Tag allein zu lassen. Was, wenn ich frisches Wasser benötige? Oder wenn jemand an der Tür klingelt?"

Ich ignorierte ihn und ging den Flur hinunter zur großen Treppe. Vielleicht würde ich mich bezüglich dieser Sache der gescheiterten Geschäftsfrau besser fühlen, wenn ich etwas zu Mittag gegessen hatte.

War zehn Uhr morgens zu früh für die zweite Mahlzeit des Tages?

2

Nachdem ich ein paar gefrorene Waffeln aufgetaut und sie, mit Butter und Blaubeersirup bestrichen, verspeist hatte, fühlte ich mich tatsächlich etwas besser ... Zumindest kurzzeitig, bis leichte Bauchschmerzen einsetzten.

Memo für die Zukunft: *Zehn ist wahrlich zu früh fürs Mittagessen. Und wenn ich nicht innerhalb weniger Wochen wie eine dieser Frauen auf den Gemälden von Rubens aussehen will, ist das zweite Frühstück hiermit gestrichen.*

Da Octocat sich mittlerweile in einem Sonnenstrahl zusammengerollt hatte und zu dösen schien, und Jacques und Jillianne nach wie vor mit Charlene beschäftigt waren, hatte ich wieder einmal Zeit für mich. Aber was damit anfangen? Meine aktuelle Lektüre hatte ich am Vorabend ausgelesen, und nach etwas Neuem stand mir nicht der Sinn. Also beschloss ich, mich erneut der Schreibtischarbeit zu widmen. Schließlich hatte ich die vorhin nur deshalb unterbrochen, weil mein Kater aufgetaucht war.

Nach einem kurzen Stoßgebet gen Himmel hob ich den Deckel meines Laptops an und tat das, was ich immer tue, wenn ich eine Sitzung beginne – ich überprüfte meinen E-Mail-Eingang auf neue Kundenanfragen.

In meinem Postfach sah es aus wie immer ... gähnende Leere.

Seufzend wandte ich mich meinem Newsfeed zu und scrollte durch die Schlagzeilen. Ich hatte erst kürzlich ein neues Unternehmensprofil erstellt und darauf geachtet, dass ich dort nur anderen Privatdetektiven folgte. Zu sehen, was für sie funktionierte, sollte mich eigentlich inspirieren und motivieren. Stattdessen fühlte ich mich schon bald nur noch hoffnungsloser, was meine eigene Firma anbelangte, die mehr oder weniger vor sich hin dümpelte.

Ich las gerade einen Artikel über ein Privatdetektiv-Duo im Mittleren Westen, das sein Repertoire um Krimi-Dinnerpartys erweitert hatte, um das Geschäft zu beleben, als eine kleine rote Benachrichtigung auf meinem Bildschirm aufpoppte.

Aufregung durchfuhr mich.

War das womöglich ein neuer Klient, mit dem sich endlich alles zum Guten wenden würde?

Ich klickte eifrig auf den Link und wartete ungeduldig darauf, dass sich die entsprechende Social-Media-Seite aufbaute. Jemand hatte doch tatsächlich einen Kommentar hinterlassen.

Eigentlich waren sämtliche wichtigen Informationen sowie meine Verfügbarkeit in einer separaten Zeile oben auf meiner Seite aufgeführt, aber vielleicht war diese Person so verzweifelt auf der Suche nach Hilfe, dass sie sich entschieden hatte, direkt Kontakt mit mir aufzunehmen.

Wenn das nicht perfekt war. Meine Dienste wurden nicht nur gebraucht, sie waren jetzt sogar gefragt.

Unruhig rutschte ich auf meinem Stuhl hin und her und konnte es kaum erwarten, die Nachricht meines brandneuen Kunden und vielleicht größten Fans zu lesen.

Der Benutzername war Charm – kein Nachname – lediglich Charm, und der Kommentar lautete: *Ich weiß, wer du bist und kenne dein Geheimnis … Und schon bald werden auch alle anderen Bescheid wissen.*

Mein Magen krampfte sich zusammen. Wer war dieser Typ und warum versuchte er, sich mit mir anzulegen? Sicherlich war das Ganze nur ein dummer Zufall. Zugegeben, ich war nicht immer so vorsichtig gewesen, wie ich es hätte sein sollen, wenn es darum ging, meine außergewöhnliche Fähigkeit zu verbergen, dennoch ...

Nein, auf keinen Fall!

Ich klickte auf Charms Namen, um sein Profil zu öffnen, aber es zeigte lediglich einen Ausschnitt vom Meer, der mir nichts sagte.

Mit zitternden Händen ging ich zurück zu meiner Anzeige. Vielleicht sollte ich den Kommentar einfach löschen, den Kerl blockieren und diesen Vorfall aus meinem Kopf verbannen.

Aber das konnte ich nicht.

Ich musste mehr über ihn in Erfahrung bringen.

Wer sind Sie? Ich tippte diesen kurzen Satz, wartete einen Moment und fügte dann noch hinzu: *Und wovon reden Sie eigentlich?*

Die Antwort kam prompt: *Du kennst mich nicht, aber du weißt, wovon ich rede.*

Ich biss mir auf die Unterlippe und lehnte mich in meinem Stuhl zurück. Wie groß war die Wahrscheinlichkeit, dass Charm sich das alles nur ausgedacht hatte? Wie konnte er über mein Geheimnis Bescheid wissen, und woher kannte er mich?

Und vor allem: Was in aller Welt sollte ich jetzt tun?

Ein drittes Frühstück schien mir keine gute Idee zu sein, und da Charles wahrscheinlich wie immer schwer beschäftigt war, atmete ich erst einmal tief durch und beschloss dann, Großmutter anzurufen.

„Jemand im Internet bedroht dich?", fragte sie, und ich sah in der FaceTime-App, wie sie die Stirn runzelte.

Ich nickte nachdrücklich. „Ja, und ich habe keine Ahnung, wer und warum."

Ihr Gesichtsausdruck wurde weicher, nicht unbedingt, weil sie sentimental wurde, sondern vor allem, weil sie angefangen hatte, an den Beauty-Filtern der App herumzuspielen. „Darüber würde ich mir keine allzu großen Sorgen machen, Liebes. Wahrscheinlich hat die Person dich lediglich mit jemandem verwechselt", versuchte sie, mich zu beruhigen, während plötzlich regenbogenfarbige Einhörner über ihrem Kopf herumtanzten.

„Vielleicht", stimmte ich zu, zupfte jedoch nervös an der Haut meines Ellbogens herum.

„Entspann dich einfach ein wenig und genieße deinen Tag", schlug sie vor und lugte jetzt unter einem Himmel aus funkelnden rosa Sternen hervor. „Grant und ich müssen in Kürze los zu einer Matinee, aber wollen wir uns danach zum Tee treffen?"

„Klar, warum nicht?" Meine Kehle war wie ausgetrocknet und meine Stimme klang schrecklich, aber es half ja nichts. Ich war eine erwachsene Frau und sollte es allmählich mal schaffen, meine Probleme allein zu lösen.

Und das war das Paradebeispiel eines Problems.

Charm könnte entweder ein Spinner sein, der sich einen Spaß mit mir erlaubte, oder aber wirklich ein Feind, der mich ruinieren wollte. Im Zuge meiner Ermittlungen hatte ich mehr als eine Person hinter Gitter gebracht. Vielleicht war eine von ihnen inzwischen wieder auf freiem Fuß und sann auf Rache. Es konnte nicht schaden, ein paar Nachforschungen über ihren aktuellen Aufenthaltsort anzustellen.

Ich holte einen Block mit Haftnotizen aus der obersten Schublade meines Schreibtisches und schrieb den Namen des ersten Bösewichts auf, bei dessen Ergreifung ich mitgewirkt hatte – meine ehemalige Freundin Diane Fulton. Als ich damals in der Kanzlei arbeitete, hatten wir ein ziemlich gutes Verhältnis. Das hielt sie jedoch nicht davon ab, zu versuchen, mich umzubringen, als ich die Wahrheit über das Ableben von Octocats früherer

Besitzerin herausfand und sie als die Schuldige entlarvte.

Ich riss den Zettel ab, klebte ihn auf die Schreibtischplatte und widmete mich meinem nächsten Verdächtigen. Feind Nummer zwei war eine Maklerin aus Misty Harbor namens Sandra Lyn. Sie war verantwortlich für einen Doppelmord und hätte es beinahe geschafft, dass ein unschuldiger Mann an ihrer statt lebenslänglich eingebuchtet worden wäre. Eigentlich schien es unwahrscheinlich, dass sie schon wieder draußen war, oder Zugang zu den sozialen Medien hatte. Aber das musste ich nochmals genauer überprüfen, bevor ich sie von meiner Liste streichen konnte. Ich setzte also ihren Namen neben den von Diane.

Der nächste Widersacher war Richard Thompson, mein früherer Boss. Er hatte meinen ehemaligen Nachbarn auf dem Gewissen, einen allseits beliebten Senator mit einem Faible für den Umweltschutz. Und zu allem Überfluss hatte auch noch Octocat auf ihn gepinkelt, während er, am Boden liegend, von der Polizei dingfest gemacht wurde.

Auch diesen Klebezettel fügte ich der stetig wachsenden Sammlung auf meinem Tisch hinzu. *O Mann!* Dafür, dass ich die meiste Zeit meiner Karriere als Privatdetektivin arbeitslos gewesen war, hatte sich eine ganz schöne Menge an Feinden angesammelt – und ich war mit meiner Liste noch lange nicht fertig.

Kurz hielt ich inne, um mein Handgelenk auszuschütteln und überlegte dann weiter. In Anbetracht der Tatsache, dass meine Anzeigen geografisch gestaffelt waren, sollte ich wohl gezielt nach jemandem suchen, der sich noch in der Gegend um Blueberry Bay aufhielt, oder?

Nein. Besser erst einmal niemanden ausschließen. Je schneller ich Charms geheime Identität aufdeckte, desto eher konnte ich mich wieder meiner beruflichen Routine widmen ... also der gähnenden Leere meines Terminkalenders.

Seufz.

Nun, wenigstens hatte ich jetzt etwas, das mich beschäftigte.

Danke vielmals, Charm.

3

„Was machst du da?" Charlene, unser kleines schwarzes Kätzchen, sprang auf meinen Schreibtisch und blickte sich interessiert um. Inzwischen hatte ich so viele Haftnotizen vollgekritzelt, dass die Platte nicht mehr ausreichte und ich sogar auf die Wand ausweichen musste.

„Ich erstelle eine Liste von Verdächtigen", antwortete ich abwesend, während ich auf den nächsten Zettel *Sara Stevens* schrieb.

Sie verdrehte das Köpfchen und versuchte, die Worte zu lesen. „Suh", sagte sie gedehnt, dann „ah", „ruh" und ein weiteres „ah" wie in *Apfel*.

„Sara", ergänzte ich bereitwillig und sah sie dann

mit großen Augen an. „Warte mal, lernst du etwa lesen?"

Sie ließ sich mit dem Hintern auf den Schreibtisch plumpsen und reckte das Kinn stolz in die Höhe. „Ja. Papa Octocat bringt es mir bei. Er findet, ich sei eine sehr kluge junge Dame."

Ich streckte die Hand aus und streichelte ihr über das Fell, was sie mit einem tiefen, zufriedenen Schnurren quittierte. „Charlene, das ist fantastisch."

„Wenn ich groß bin, möchte ich ein ebensolches Genie sein wie er, und so schön wie Mama Grizz", ließ sie mich wissen, und ich musste lachen. War ja klar, dass mein Kater sich selbst als *Genie* bezeichnete. *Klug* war deutlich unter seinem Niveau. „Du scheinst auf einem guten Weg zu sein. Was aber ist mit deiner Tante und deinem Onkel? Möchtest du auch so werden wie sie?" Damit bezog ich mich auf die beiden Sphynx-Katzen, die Charlene ebenso sehr zu lieben schienen wie ihre Adoptiveltern.

„Tante J und Onkel J sind mega lustig", schwärmte die Kleine und nickte dabei mit dem Kopf.

Lustig wäre jetzt nicht unbedingt das Wort, das ich im Zusammenhang mit den beiden haarlosen Samtpfoten benutzt hätte. Immerhin hatten sie sich nach langem Zögern und Octocats Drohungen endlich mit mir arrangiert.

„Und was bringen sie dir in ihren Unterrichtsstunden bei?", fragte ich, inzwischen noch neugieriger als anfangs, als ich von diesem ominösen Homeschooling erfahren hatte.

Das schwarze Kätzchen schüttelte den Kopf. „Das darf ich dir leider nicht sagen. Dieser spezielle Unterricht ist nur für uns Vierbeiner gedacht."

„Aber du hast mir doch auch verraten, dass du lesen lernst?", erinnerte ich sie.

Sie verzog das Gesicht und schien einen Moment lang zu überlegen, bevor sie erleichtert lächelte und sagte: „Das ist ein außerschulisches Angebot, und von daher ist es okay, dass du davon weißt."

„Also sozusagen extracurricular, mehr oder weniger ein Freizeitvergnügen?", sagte ich kichernd. „Etwas, das nichts mit der Schule zu tun hat?"

„Genau. Extra-circul-cular."

Erneut strich ich ihr über den Rücken. Natürlich war mir klar, dass Charlene erwachsen werden musste, aber insgeheim hoffte ich, sie würde sich nie ändern. Ihre pure Lebensfreude und ihre Begeisterung für alles halfen auch mir oft, die Welt mit anderen Augen zu sehen. Selbst jetzt fühlte ich mich nur aufgrund ihrer Anwesenheit bei meiner Suche nach dem Online-Tyrannen schon viel besser.

Netterweise blieb sie bei mir, leistete mir beim Vervollständigen meiner Liste Gesellschaft und versuchte, jeden einzelnen Namen, den ich hinzufügte, zu entziffern.

„Du hast eine sehr schlampige, kaum leserliche Handschrift", tadelte sie mich irgendwann. Hier hatten wir einen weiterer Beweis dafür, dass Octocat ihr Lehrer war und sich bemühte, ihr sämtliche schrulligen Eigenschaften beizubringen, die auch er sein Eigen nannte.

Anstatt jedoch mit ihr zu schimpfen oder mich zu verteidigen, ließ ich die Bemerkung an mir abprallen und betete im Stillen, dass es sich um eine einmalige Kritik handeln mochte. Außerdem war ich zu sehr auf die anstehende Aufgabe konzentriert, um jetzt das Thema zu wechseln.

Als ich fertig war, hatte ich insgesamt vierzehn Klebezettel mit vierzehn Namen vor mir – und keine Ahnung, wo ich anfangen sollte.

Glücklicherweise kündigte just in diesem Moment die Türklingel Großmutters Ankunft an.

„Ich komme!", brüllte ich, nahm Charlene auf den Arm, schloss die Bürotür hinter mir und stürmte davon.

Als ich den oberen Treppenabsatz erreichte, hatte Großmutter sich bereits selbst hereingelassen und war gerade dabei, sich aus ihrer leichten Windjacke zu schälen.

„Hattest du eine schöne Zeit mit Grant?", erkundigte ich mich, und sofort überzog ein tiefes Rosa ihre Wangen.

„Ich liebe es einfach, verheiratet zu sein", gab sie zu, warf einen kurzen Blick in den Spiegel und richtete mit den Fingern ihre Frisur. Inzwischen war ich unten angekommen, setzte das Kätzchen auf dem Boden ab und ließ mich von ihr in die Arme nehmen. Charlene stob umgehend davon und verschwand in der Küche, vermutlich auf der Suche nach ihren tierischen Verwandten.

„Wo ist denn Paisley?", fragte ich erstaunt und ließ meinen Blick durch den Flur wandern. Irgendwie war es merkwürdig, so gänzlich ohne Tiere dazustehen.

„Ich komme direkt aus dem Kino", informierte sie mich und schien sich an der Abwesenheit der pelzigen Mitbewohner nicht im Geringsten zu stören. „Grant hat mich nur schnell hier abgesetzt, weil du vorhin bei deinem Anruf so verzweifelt geklungen hast."

„Verzweifelt ist noch milde ausgedrückt", gab ich

zu und begann, an meiner Unterlippe zu kauen, als mir die erste Nachricht wieder in den Sinn kam.

„Lass mich gleich mal Teewasser aufsetzen. Dann kannst du mir alles in Ruhe erzählen." Grandma schwebte in Richtung Küche davon, während ich nochmals nach oben lief, um meinen Laptop zu holen.

„Siehst du?", sagte ich und deutete auf den Bildschirm, nachdem ich die Anzeige und die weiteren Kommentare aufgerufen hatte.

„Du kennst mich nicht, aber du weißt, wovon ich rede", las Großmutter laut vor und schüttelte dann ungehalten den Kopf. „Was für ein unhöflicher Mensch dieser Charm doch ist. Irgendwie ironisch, diese Namenswahl, findest du nicht auch?"

Ich verspürte keine Lust, darüber zu diskutieren, ob der Benutzername zum Charakter des Schreibers passte. Vorrangig wollte ich herausfinden, wer auf der anderen Seite des Bildschirms saß. „Glaubst du, er kennt tatsächlich mein Geheimnis? Oder weiß über meine Fähigkeit Bescheid?"

„Woher sollte er das? Das ist wahrscheinlich nur so ein Spinner, der dich provozieren will. Du weißt doch selbst, das Internet ist voll von solchen Leuten." Erneut schüttelte sie den Kopf, sagte aber nichts weiter dazu. Ich fühlte mich den Tränen nahe.

Warum wollte sie nicht verstehen, dass das eine große Sache sein könnte? Wenn ich nicht schnell etwas unternahm, würde der Kerl womöglich mein ganzes Leben ruinieren.

„Leider war ich nicht immer so vorsichtig, wie ich es hätte sein sollen", argumentierte ich und senkte den Blick zu Boden. Es schmerzte beinahe körperlich, wenn ich an all die Male und Gelegenheiten zurückdachte, wo ich so leichtfertig mit meinen Fähigkeiten umgegangen war. Diese Zeiten übertrafen die Anzahl meiner Feinde um ein Vielfaches.

Und was, wenn Charm überhaupt keiner derjenigen war, die ich überführt hatte, sondern einfach eine willkürliche Person, die etwas davon mitbekommen hatte und nun versuchte, aus diesem Wissen Kapital zu schlagen?

„Was glaubst du, will er oder sie von mir?", fragte ich Grandma und schaute vom Bildschirm zurück zu ihr.

Sie nahm mir den Laptop aus der Hand. „Warum fragen wir ihn nicht einfach?"

In Zeitlupe und nur mit einem Finger tippte sie ihre Nachricht: *Was wollen Sie?*

Im Gegensatz zu der Ewigkeit, die sie für die paar Worte gebraucht hatte, kam sofort etwas zurück. *Ich will, dass die Wahrheit ans Licht kommt.*

„Tja, das klingt nicht gut", sagte sie, während ich ihr über die Schulter starrte und den bedrohlichen Kommentar ebenfalls las. „Gar nicht gut. Aber auch nicht unbedingt schlecht."

„Wie bitte?"

„Meiner Meinung nach weiß dieser Charm überhaupt nichts und versucht lediglich, dich zu verunsichern."

„Und was, wenn er mein Geheimnis doch kennt?", konterte ich, griff nach dem Laptop, klappte ihn zu und drückte ihn an meine Brust.

„Was wäre denn so schlimm daran, wenn es herauskäme? Dass du mit Tieren sprechen kannst, ist ein wichtiger Teil deiner Persönlichkeit. Warum willst du diese Fähigkeit so verzweifelt verstecken?" Sie zuckte mit den Schultern, als wäre das die normalste Sache der Welt und würde nicht mein komplettes Leben auf den Kopf stellen.

„Hast du vergessen, wie es Oma Lyn ergangen ist, nachdem sie sich dazu bekannte?", fragte ich herausfordernd und zog die Augenbrauen hoch.

Erneut zuckte sie lediglich mit den Schultern. „Natürlich nicht, aber heutzutage sind die Menschen wesentlich offener."

„Ich will mich aber nicht zur Witzfigur machen, sondern einfach nur ein ganz normales Leben führen", jammerte ich. Normalerweise war ich nicht so nörgelig und quengelig, aber in Anbetracht der aktuellen Notlage konnte ich einfach nicht anders.

Grandma starrte mich aus großen Augen an, dann jedoch machte sich ein verschmitztes Lächeln auf ihren Zügen breit. „Meine liebe süße Angela, wann war dein Leben jemals normal?"

<h1 style="text-align:center">4</h1>

O b Octocat nun noch etwas mit dem Detektivgeschäft zu tun haben wollte oder nicht, er war nach wie vor der Miteigentümer von Pet Whisperer P.I. – und gerade im Moment brauchte ich seine Hilfe mehr denn je.

Nachdem Grandma wieder weg war, durchsuchte ich das Haus und fand ihn schließlich in seinem Schlafzimmer, wo er mit Argusaugen die Fische in seinem überdimensionalen Aquarium beobachtete.

„Yummy sieht heute besonders mopsig aus", merkte er an, als ich eintrat. „Vielleicht sollte ich mal an ihm knabbern."

Natürlich hatte er all seinen Süßwasserbewohnern einen Namen gegeben, der auf die eine oder andere Art das Wort *lecker* widerspiegelte. Und natürlich sagte er das immer nur, um mich zu ärgern, denn eines wusste er ganz genau: Jedes Mal, wenn er andeutete, eines seiner Haustiere verspeisen zu wollen, beeilte ich mich, ihm frische Shrimps oder seine geliebten Hummerbrötchen aus dem Little Dog Diner zu besorgen.

„Nicht heute", warnte ich in strengem Tonfall.

Das erregte seine Aufmerksamkeit, dennoch fuhr er mich an: „Würdest du bitte deine Stimme senken? Das Kind schläft." Er deutete mit der Schnauze auf sein rotes Seidenkatzenbett, wo Charlene unter einem Kissen döste, das fast so groß war wie die Schlafstatt selbst.

„Können wir irgendwo hingehen, wo wir in Ruhe reden können?", flüsterte ich und kniete mich neben ihn, damit ich ihm direkt in die Augen sehen konnte. Dann fuhr ich fort und legte so viel Leidenschaft wie möglich in meine nächsten Worte: „*Es ist wichtig.*"

Abrupt wandte er sich von mir ab, sprach mich aber über die Schulter an. „Dein Ton heute gefällt mir ganz und gar nicht, Angela", beschwerte er sich. „Vielleicht werde ich mich zu einem Gespräch bereiterklären, sobald du weniger emotional auftrittst."

„Ich bin nicht emotional", schrie ich lauter als

beabsichtigt. „Lediglich in Panik wegen einer großen, sehr realen Bedrohung. Und ich würde mich besser fühlen, wenn ich einfach mit dir darüber reden könnte."

Am anderen Ende des Raumes ertönte ein leises Miauen, und Charlenes Schnäuzchen lugte unter dem Kissen hervor. Upps. Ich sollte ja leise sein. Vielleicht war ich wirklich ein bisschen zu emotional wegen alledem, was da gerade auf mich einstürmte. Aber um diesen Zustand in den Griff zu bekommen, sollte mein Geschäftspartner und angeblich bester Freund mir eben einfach zuhören.

„Jetzt hast du es doch tatsächlich geschafft", knurrte er, eilte an die Seite seiner Adoptivtochter und leckte ihr beruhigend über das Köpfchen. „Ganz ruhig, meine Süße. Dein Daddy ist da. Und die böse alte Dame wollte eh gerade gehen."

Was für eine bodenlose Frechheit von ihm, mich als *alt* zu bezeichnen, und so richtig böse hatte er mich ebenfalls noch nicht erlebt ... was aber nicht mehr lange dauern konnte, wenn er so weitermachte.

„Was ist denn los?", erkundigte sich Charlene mit sanfter Stimme und riss ihre großen goldenen Augen weit auf, während Octocat sich weiterhin beschützerisch an sie schmiegte.

Einen Moment lang überlegte ich, wie viel ich vor

dem jüngsten Mitglied unseres Haushalts preisgeben sollte. Einerseits wollte ich sie nicht verängstigen, andererseits ihr aber auch keine wichtigen Fakten vorenthalten.

Schließlich entschied ich mich, alles zu erzählen, aber die Dinge wenn irgend möglich etwas zu beschönigen. Also atmete ich erst einmal tief durch und setzte zu meiner leicht zensierten Berichterstattung an. „Jemand schickt mir online Nachrichten, in denen er behauptet, er wisse, dass ich mit Tieren sprechen kann, und dass er dieses Geheimnis vor aller Welt lüften würde."

So formuliert klang es nicht annähernd so schlimm, wie es sich für mich anfühlte.

Octocat starrte mich an, während er mit dem Schwanz auf den Boden klopfte, und schien angestrengt zu überlegen ... zumindest hoffte ich das, da ich unbedingt seine Sichtweise auf die Dinge erfahren wollte.

Charlene hingegen sprach sofort. „Wer steckt hinter diesen Nachrichten?"

Ich zwang mich zu einem lässigen Schulterzucken. „Keine Ahnung. Das ist nach wie vor ein Rätsel."

Sie erhob und streckte sich ausgiebig, bemüht, die kontinuierlich einengenden Gesten ihres Vaters abzuwehren. „Aber das ist doch genau das, was du am besten kannst, oder? Rätsel lösen. Du hast meine vermisste Mutter gefunden und ebenso herausgefunden, wer deinem Mann etwas angetan hat, weißt du nicht mehr?"

Natürlich erinnere ich mich, was für eine Frage! War das alles doch erst vor ein paar Wochen passiert. Dennoch verkniff ich mir eine schnippische Antwort, da die Kleine ja nur zu helfen versuchte.

„Du warst einfach nicht vorsichtig genug", entschied Octocat, und ein tiefes Grollen entwich seiner Kehle, das irgendwo zwischen einem Knurren und einem Schnurren anzusiedeln war.

„Du hast recht, ich hätte nicht so leichtsinnig sein dürfen", gab ich zu. „Aber es ist nun mal geschehen und ich kann ja wohl kaum in die Vergangenheit zurückreisen und die Dinge richten. Also müssen wir das im Hier und Jetzt in Ordnung bringen – aber wie?"

„Wir sollten eine Zeitmaschine bauen!", kreischte Charlene und machte einen Satz in die Luft. „Dann könnten wir sämtliche Fehler beheben", fügte sie hinzu, nachdem sie wieder auf allen Vieren gelandet war.

„Das mit den Zeitmaschinen ist leider ein

Märchen", sagte ich und streichelte ihr liebevoll übers Fell.

„Aber Papa Octocat hat doch ..."

Dieser legte seiner Tochter geschwind eine Pfote aufs Mäulchen. „Manches Wissen hat unter uns zu bleiben. Du darfst das, was du in deinem Katzenunterricht lernst, niemals mit Außenstehenden teilen", sagte er ernst.

„Nicht mal mit Angie?", quiekte die Kleine.

„Schon gar nicht mit Angela. Sie weiß ohnehin schon viel zu viel."

„Ähm, hallo ... ich bin auch noch da", mischte ich mich ein, um ihre Aufmerksamkeit wieder auf mich zu lenken. Aber eigentlich wollte ich gar nicht wissen, worüber sie da laberten. Zeitmaschinen? Was für ein Quatsch!

„Könnten wir uns bitte wieder auf das eigentliche Problem konzentrieren?"

„Aber ich war ..." begann Charlene erneut, brach jedoch abrupt ab, als Octocat den Kopf schüttelte.

„Bitte fahre fort", sagte er und deutete mit der Pfote in meine Richtung.

„Also gut. Die Person, die mich bedroht, hat sich im Internet den Namen Charm zugelegt. Natürlich könnte es jeder sein, aber ich dachte mir, wir sollten damit beginnen, eine Liste von Verdächtigen durchzugehen, die ich ausgearbeitet habe."

„Die hübschen bunten Zettel mit Worten?", rief Charlene, für die sich so allmählich die Puzzleteile zusammenzufügen schienen. „All diese Menschen sind Verdächtige?"

„Ja, das sind lauter Kriminelle, deren ruchlose Pläne wir im Laufe der Jahre vereitelt haben. Leider nicht gerade wenige."

„Und was soll ich in diesem Fall tun?", fragte mein Kater und schnippte erneut mit dem Schwanz.

Mir rutschte das Herz in die Hosentasche. Zumindest er sollte doch verstehen, wie wichtig mir die Wahrung meines Geheimnisses war. War es ihm wirklich egal? „Mir helfen", sagte ich leise, bevor ich hinzufügte, „Du bist schließlich mein Partner."

Er seufzte und schüttelte den Kopf. „Angela, ich habe dir doch klar zu verstehen gegeben, dass ich mich lieber auf meine Familie konzentrieren möchte und nicht mehr vorhabe, mich auf wilde Verfolgungsjagden einzulassen. Schon gleich gar nicht auf solche, die gefährlich werden könnten."

„Aber Octavius, das ist nicht einfach ein X-beliebiger Fall. Hier geht es um mein Leben." Flehentlich faltete ich die Hände und betete, dass mein hochmütiger Kater sich meiner erbarmen möge und dazu bereiterklärte, mir mit seinem scharfen Verstand zur Seite zu stehen. *„Bitte, Octocat, ich brauche dich!"*

Er schwieg verbissen, aber zumindest eine der Fellnasen schien mein Appell erreicht zu haben.

„Wir können sie das nicht allein durchstehen lassen, Papa", beharrte Charlene, kam zu mir herüber und rieb ihren Körper an meinem Arm. Dann tapste sie zurück zu ihrem Adoptivvater und schmiegte sich an ihn. „Sie hat mir geholfen, als ich verängstigt und verloren war, und sieh nur, wie traurig sie jetzt selbst ist."

Ich schob die Unterlippe vor und riss die Augen extra weit auf, um ihre Aussage zu unterstreichen.

Dann starrten wir beide auf den sturen Kater, denn nun war es an ihm, sich zu äußern.

Nach einigen Momenten, in denen die Anspannung fast greifbar war, stieß er schließlich einen langen Seufzer aus: „Also gut, aber das ist das letzte Mal, dass ich mich zu so etwas überreden lasse." Sein eisiger Blick fixierte mich. „Das allerletzte Mal, verstanden? Und das ist mein voller Ernst."

„Danke", murmelte ich und fühlte mich unendlich erleichtert.

Sollte ich es nicht schaffen, unser Business endlich zum Laufen zu bringen, hätte sich das mit der Detektei eh erledigt. Und sollte tatsächlich ein

Wunder geschehen und ich uns retten können, konnte ich mir immer noch Gedanken darüber machen, wie ich ihn zu einer weiteren Zusammenarbeit überreden würde.

Vorrangig jedoch musste ich dieser Charm-Sache auf den Grund gehen, bevor der Typ sowohl meine Firma wie auch mein Leben in Schutt und Asche legte.

5

„Wir gehen also davon aus, dass Charm ein Mensch ist, richtig?", fragte Octocat, nachdem er meine hastig bekritzelten Post-it-Zettel mit den Verdächtigen studiert hatte. Gutes Argument! Bis dato hatte ich noch gar nicht in Betracht gezogen, dass es ein Tier sein könnte, das sich mit mir anzulegen versuchte. Aber nein. Wäre ein solches überhaupt in der Lage, derartige Nachrichten zu schreiben – und so schnell zu tippen? Andererseits könnte ich dessen wahre Identität übersehen haben, nur weil ich solche pauschalen Vermutungen anstellte.

„Äh …" Ich wusste nicht wirklich, was ich darauf antworten sollte, aber glücklicherweise hatte mein Kater noch mehr zu diesem Thema zu sagen.

„Eine Katze steht über solchen Dingen", erklärte er nüchtern. „Und ein Hund wäre nicht clever genug. Wilde Tiere hätten keinen Zugang zum Internet – bleibt also nur noch der Mensch übrig."

„Stimmt", gab ich mit einem Nicken zu. So einfach war es also. Versteht ihr mich jetzt? Genau deshalb brauchte ich ihn.

„Außerdem bin ich der Ansicht, du kannst die Mörder von deiner Liste streichen." Er starrte auf den Zettel, auf dem Diane Fultons Name stand, und rümpfte angewidert die Nase. „Warum sollten sie sich zu leeren Drohungen herablassen, wenn sie schon einmal jemanden getötet haben? Wenn die wirklich auf Rache aus wären, würden sie einfach kurzen Prozess mit dir machen, Angela."

„Das ist ... nicht unbedingt ein beruhigender Gedanke." Mein Herz begann zu galoppieren, und meine Kehle war wie zugeschnürt. Aber womöglich hatte mein Kater ja recht. Vielleicht war Charm gar kein Killer. Wer aber war das da draußen, der meinen Untergang plante?

Octocat zog die Nase kraus und war sich anscheinend nicht bewusst, zu welchem Gefühlschaos seine Offenheit führte.

„Glaubst du, dass Charm jemand ist, mit dem wir es in letzter Zeit zu tun hatten?", fragte ich. Je eher wir unsere Liste einzuschränken vermochten, desto schneller konnten wir uns daran machen, jeder Spur nachzugehen. „Ich meine, warum sollte beispielsweise Anne Fulton gerade jetzt aus der Versenkung auftauchen?"

Octocat erschauderte. „Sprich diesen Namen in meiner Gegenwart nie wieder laut aus!" Verständlich. Immerhin war sie diejenige gewesen, die ihn entführt und festgehalten hatte, als letzten Versuch, das Testament und seine alleinige Erbschaft anzufechten. Von daher hatte er natürlich keine guten Erinnerungen an sie. Andererseits ... mir ging es praktisch bei jedem Namen so, den ich notiert hatte.

„Ich weiß es nicht wirklich", gestand mein Stubentiger und setzte sich wieder auf den Schreibtisch. Charlene hatte er mittlerweile zu den beiden Sphynx-Katzen gebracht, die auf sie aufpassen sollten, während wir an unserem neuesten Rätsel arbeiteten. Es war ihm jedoch deutlich anzumerken, dass er gerne schnellstmöglich zu seinem Schützling zurückkehren wollte. „Es könnte genauso gut jemand sein, an den du noch nicht einmal gedacht hast."

Ich seufzte und lehnte mich in meinem Stuhl zurück. „Genau das ist meine Befürchtung. Solange ich nicht herausgefunden habe, wer Charm ist, kann ich niemandem wirklich trauen."

Er grinste mich spöttisch an. „Mit solchen allgemeinen Aussagen wäre ich vorsichtig. Du kannst mir vertrauen, Charlene, Charles, Großmutter …"

Interessiert zog ich eine Augenbraue hoch. „Bei deiner Aufzählung fehlen Jacques und Jillianne."

„Weil ich diesen beiden Exhibitionisten immer noch nicht verziehen habe, welches Chaos sie auf unserer Hochzeit angerichtet haben." Bei der Erinnerung daran entfuhr ihm ein gefährliches Knurren.

„Trotzdem würde ich ausschließen, dass sie dahinter stecken", sagte ich leise und betete, dass diese Bemerkung kein neuerliches Drama nach sich ziehen mochte. „In letzter Zeit kommen wir doch alle ganz gut miteinander klar. Und ich bin wirklich überzeugt, dass es sich hier um einen Menschen handelt."

Er nickte zustimmend, jedoch leicht herablassend.

„Vielleicht sollten wir eine zweite Liste erstellen, mit wirklich allen, die mein Geheimnis kennen?" Stöhnend griff ich nach dem nächsten Block mit Haftnotizen. „Zumindest dürfte die kürzer werden als die aktuelle Feindesliste."

„Erinnerst du dich noch an diese seltsame Autorin, die wir auf unserer Reise in den Westen kennengelernt haben? Melissa irgendwas?" Er hatte die Augen fest zusammengekniffen, während er nachdachte. „Sie beispielsweise wusste es, weil Großmutter sich im Internet ihren Freunden gegenüber verplappert hatte."

Mein Magen krampfte sich zusammen. „Richtig. Und wer weiß, wie viele andere Personen auf diese Weise davon erfahren haben. Aber das war vor mehr als einem Jahr. Wir hatten danach ein ernstes Gespräch und sie hat diese Tratscherei in den Online-Foren direkt eingestellt, sogar sämtliche ihrer früheren Beiträge gelöscht."

„Und?", fragte er, öffnete die Augen wieder und starrte mich mit einem kalten Blick an.

„Wo ist da der Sinn, dass sich einer dieser Leute jetzt mit mir anlegt? Nach der langen Zeit?" Das stimmte doch ... oder etwa nicht?

„Was, wenn diese Person plötzlich in Geldnot geraten ist und sich durch diese Drohung einen Vorteil erhofft?" Er zog beide seiner schnurrbärtigen Augenbrauen hoch. „Bisher hatte sie es vielleicht einfach nicht nötig, aber so etwas kann sich schnell einmal ändern."

„Also sollten wir unsere Auflistung der potenziellen Verdächtigen um sämtliche Leute im Internet erweitern?" Panisch linste ich auf meinen Schreibtisch. Für so etwas hatte ich nicht einmal annähernd genug Post-it-Zettel, geschweige denn Platz.

Octocat verzog die Lippen, wobei einer seiner Reißzähne hervorlugte und ihm ein komisches Aussehen verlieh. Seine nächsten Worte hingegen waren alles andere als komisch. „Na ja, wie du selbst schon sagtest, es ist lange her. Aber selbst Menschen ohne Zugang zum Netz könnten auf die ein oder andere Weise davon erfahren haben."

„Was anders gesagt bedeutet, jeder auf der ganzen Welt ist verdächtig?" Gott stehe mir bei, dafür hatte ich nicht die Kraft.

Er nickte. „Theoretisch jeder."

Ich stöhnte und feuerte den Block auf den Schreibtisch. „All das, was du da gerade von dir gegeben hast, ist nicht wirklich hilfreich."

„Du bist doch diejenige, die mich mehr oder weniger dazu gezwungen hat, dich hierbei zu unterstützen", konterte er.

„Gut, dann geh doch einfach wieder", fauchte ich ihn an und bemühte mich verzweifelt, die Tränen zurückzuhalten, die mir in den Augen brannten.

Octocat erhob sich tatsächlich, hielt dann jedoch nochmals inne und musterte mich. „Mach dir nicht zu viele Sorgen, Angela", sagte er beinahe tröstlich zum Abschied. „Auf die eine oder andere Weise wird sich alles von selbst regeln. Aber wenn dieser Charm nicht will, dass wir seine Identität kennen, sehe ich nicht, wie wir das herausfinden können. Vielleicht solltest du aufhören, dir den Kopf darüber zu zerbrechen, wer er ist und dich stattdessen darauf konzentrieren, wie du reagieren wirst, wenn dein Geheimnis tatsächlich ans Licht kommt."

„Bitte lass mich allein", presste ich zwischen zusammengebissenen Zähnen hervor. Er ging einfach davon aus, dass ich scheitern würde. Weder brauchte ich das, noch konnte ich es ertragen.

Mit gesenktem Kopf versuchte ich, meiner Gefühle Herr zu werden, und als ich ihn endlich wieder hob und mich im Zimmer umsah, war mein Kater verschwunden. In Momenten wie diesen vermisste ich Paisley und ihren ewigen Optimismus extrem. Schon klar, Octocat war ein Realist, aber ich war noch nicht bereit, meine geheime Fantasiewelt zu verlassen – und doch musste ich damit rechnen, dass dieser Charm mir jeden Moment den Boden unter den Füßen wegzog.

Wenn er mir nicht helfen wollte und Grandma sich weigerte, das Problem zu sehen, sollte ich schnellstmöglich jemand anderen finden, dem ich mich anvertrauen konnte. Vielleicht sollte ich mich an Oma Lyn wenden. Auch sie könnte mit Tieren sprechen, aber als sie damals versucht hatte, ihren Mann an ihrem Geheimnis teilhaben zu lassen, hatte er sie nicht nur verlassen, sondern ihr auch ihr Baby weggenommen. Ihre Ehrlichkeit hatte ihr Leben ruiniert.

Sicher, die Zeiten hatten sich geändert und mein Mann kannte und akzeptierte mich so, wie ich war, selbst mit dieser merkwürdigen Fähigkeit. Was aber, wenn nach Charms Verrat doch noch etwas Schreckliches passierte?

Mein Kater war der Ansicht, dass, wollte der Typ nicht gefunden werden, uns das auch nicht gelingen würde. Aber mit etwas Glück war er ein Amateur, was die sozialen Medien anbelangte, ebenso wie ich.

Außerdem hatte ich noch ein Ass im Ärmel, kannte ich doch eine Person, die nicht nur mit sämtlichen komplizierten Abläufen im Internet vertraut war, sondern auch noch ihren Lebensunterhalt damit verdiente.

Ja. Ich beschloss, meine Cousine Mags anzurufen. Sie würde wissen, was zu tun ist.

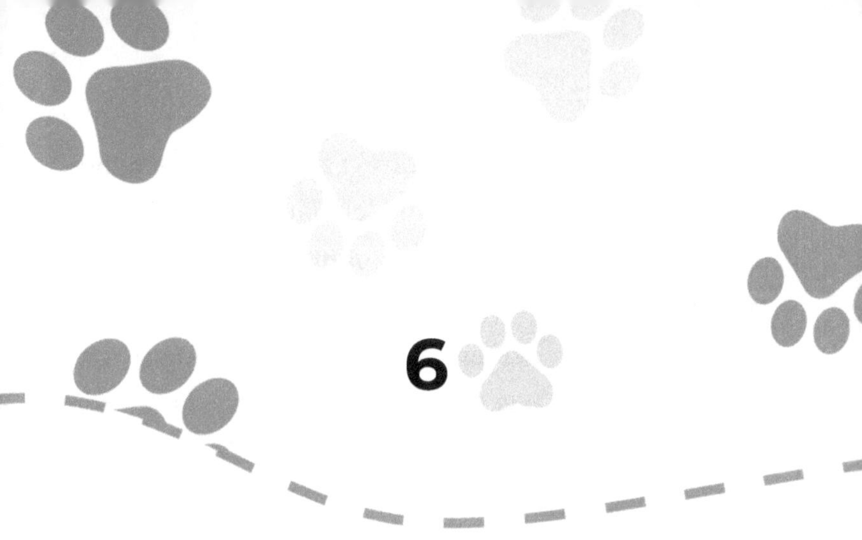

6

ch schnappte mir meinen Laptop und ging die Treppe hinauf in das Turmzimmer, das Charles und ich uns mittlerweile teilten. Dort setzte ich mich aufs Bett, kreuzte die Beine, klappte das Teil auf und schickte Mags eine äußerst knappe Nachricht: *SOS*.

Kaum dass ich auf *Senden* gedrückt hatte, vibrierte auch schon mein Handy. „Hallo?", meldete ich mich.

„Um welchen Notfall handelt es sich? Wie kann ich helfen?", vernahm ich die atemlose Stimme meiner Cousine, so dass ich mich fragte, ob ich sie geradewegs aus dem Training geholt haben mochte.

Da sie sich jedoch nicht mit langen Vorreden

aufhielt, kam ich ebenfalls direkt zur Sache. „Jemand im Internet bedroht mich und ich hatte die Hoffnung, du könntest mir helfen, herauszufinden, wer diese Person ist."

So langsam schien sie wieder zu Atem zu kommen. „Oha, also ist mein digitaler Spürsinn gefragt? Ich bin dabei, denn es gefällt mir gar nicht, dass jemand auf dir herumtrampelt. Wie schlimm ist es?"

Ich schloss die Augen, um zu verhindern, dass mir die Tränen über die Wangen liefen. „Der Typ behauptet, er wüsste, was ich kann und würde es allen erzählen."

Mags am anderen Ende der Leitung atmete erst einmal tief durch. „Okay, aber das kann alles Mögliche bedeuten."

„Grundsätzlich ja, aber wir wissen beide, *worauf* er anspielt. Bist du in der Nähe eines Computers? Ich könnte meinen Bildschirm freigeben, dann kannst du es selbst lesen."

„Gib mir nur fünf Minuten, dann können wir loslegen", versicherte meine Cousine mir. „Soll ich in der Leitung bleiben?"

„Ja, bitte." Allein ihre Stimme zu hören, zauberte mir ein dringend nötiges Lächeln ins Gesicht, dass ich nicht wieder aufzugeben bereit war, nicht einmal für eine einzige Sekunde.

Während sie anscheinend im Stechschritt nach Hause eilte, informierte ich sie über die Details, die ich bis jetzt hatte, und über einige meiner Vermutungen, wer hinter Charms Nachrichten stecken könnte.

„Okay, ich bin da und muss nur noch kurz meinen PC hochfahren. Schick mir im Messenger einen Zoom-Link."

Ich tat, wie mir geheißen und wartete darauf, dass sie den Besprechungsraum betrat. Dann legten wir beide auf und wechselten zu diesem alternativen Kommunikationsmittel.

Nur Sekunden später tauchte ihr rosiges Gesicht vor mir auf. Sie hatte ihr Haar zu einem lockeren Pferdeschwanz im Nacken zusammengefasst.

„Tut mir leid, dass ich dich beim Training stören musste", entschuldigte ich mich, und wieder einmal wurde mir bewusst, wie wenig ich selbst in letzter Zeit für meinen Körper tat.

Mags machte eine abwehrende Handbewegung. „Ich bin froh, dass du mich angerufen hast. Das ist eine Sache, die nicht warten kann. Also, zeig mir mal die Nachrichten."

Ich teilte meinen Bildschirm mit ihr und navigierte zu der Anzeige.

„Hmm", war erst einmal alles, was sie von sich gab.

„Ist das ein gutes oder ein schlechtes hmm?"

„Aktuell nur ein neugieriges. Klick doch bitte mal auf das Profil dieser Person."

Wieder tat ich, wie mir befohlen, und beobachtete, wie sie sich nach vorne lehnte und die Augen zusammenkniff. An Charms Profil hatte sich nichts geändert. Aufgrund der verschärften Privatsphäre-Einstellungen kam man nicht an ihn ran.

Als auch Mags das entdeckte, stöhnte sie auf. „Der gibt wirklich nichts von sich preis, nicht einmal den Standort."

„Ich denke, es ist jemand aus der Gegend, denn sonst hätte er meine Anzeige nicht gelesen. Die habe ich nämlich auf einen Umkreis von knapp fünfzig Kilometer beschränkt." Nach wie vor war ich extrem stolz auf mich, dass ich das mit den Inseraten ganz allein hinbekommen hatte. Nicht, dass sie mir neue Kunden gebracht hätten, aber immerhin.

„Eigentlich ..." Jetzt teilte Mags ihren Bildschirm mit mir, was wiederum meinen minimierte. Ich beobachtete gespannt, wie sie auf meiner Seite herumklickte und letztendlich zu der Anzeige zurückgelangte, zu der Charm seine bösartigen

Kommentare hinterlassen hatte. „Siehst du, jeder kann sie finden, wenn er weiß, wo er suchen muss."

„Damit wären wir wieder bei meiner Liste von Verdächtigen angelangt, die im Grunde jeden auf diesem Planeten mit einbezieht", stellte ich niedergeschlagen fest.

Sie zog irritiert die blonden Augenbrauen hoch. „Was?"

Ich machte eine wegwerfende Handbewegung. „Ich habe nur eine von Octocats Aussagen wiederholt."

„Ach so ..." Mags beendete das Screensharing, und erneut füllte ihr gerötetes Gesicht den Bildschirm. „Du hast also eine Liste all deiner Feinde erstellt, richtig?"

Ich nickte.

„Und eine weitere mit den Namen sämtlicher Personen, die dein Geheimnis kennen?"

„Damit hatte ich angefangen, bis mein Kater mich darauf hinwies, dass Grandma vor circa einem Jahr diese Information sehr freizügig im Internet teilte. Mittlerweile hat sie die Beiträge gelöscht, aber zuvor hätte jeder sie lesen können."

Mags schüttelte den Kopf und sagte: „Hmm. Das ist übrigens ein *Ich-fühle-mit-dir*-hmm."

„Danke." Das war alles, was ich herausbrachte. Zumindest ihr Mitgefühl war mir sicher.

Ein paar Minuten lang saßen wir uns schweigend gegenüber, dann jedoch schien sie eine Idee zu haben, denn ihre Miene hellte sich auf. „Okay, wir machen Folgendes. Bis jetzt haben wir uns darauf konzentriert, herauszufinden, wen du kennst, wer anhand einer früheren Begegnung Bescheid wissen könnte. Aber in der Vergangenheit zu graben, ist der falsche Ansatz."

Das verwirrte mich zugegebenermaßen. „Ist er das?" Als Privatdetektivin war ich damit immer gut gefahren, um meine Fälle gelöst zu bekommen.

Mags jedoch blieb hartnäckig bei ihrer Meinung. „Ja, denn wir müssen uns auf das Hier und Jetzt fokussieren. Leider haben wir ja nicht viel über diesen Kerl, aber zumindest einen kleinen Hinweis."

„Ich bin ganz Ohr." Nervös knetete ich meine Finger und wartete gespannt auf ihre Erklärung.

„Geh noch mal zurück zu Charms Seite und vergrößere sein Profilbild", wies sie mich an.

Ich gehorchte, und gleich darauf starrten wir beide auf das Foto, das einen Ausschnitt eines spiegelglatten Ozeans zeigte. Ich für meinen Teil hatte allerdings keine Idee, wie uns das weiterhelfen sollte.

„Okay, also ich habe gerade eine schnelle umgekehrte Bildsuche durchgeführt, aber es hat mir nichts angezeigt ... oder besser gesagt, es kamen viel zu viele Ergebnisse. Das Foto ist zu allgemein, um es zuordnen zu können, also könnte es so ziemlich jedes Meer sein", gab sie bedrückt zu und ließ die Schultern hängen. Bedeutete das, dass sie genau wie Octocat ihre Niederlage eingestand?

„Glaubst du, dass dieser Charm am Meer lebt?", hakte ich nach, noch nicht bereit aufzugeben.

„Keine Ahnung. Ich hatte gehofft, etwas zu finden, aber leider war dem nicht so." Sie schüttelte den Kopf, fuhr dann jedoch fort. „Aber es gibt noch mehr, auf was wir unser Augenmerk richten könnten. Seine Kommentare – was er schreibt und wie er es schreibt."

„Mir ist daran bisher nichts Außergewöhnliches aufgefallen."

„Mir zwar auch nicht, aber vielleicht können wir ihn dazu bringen, sich selbst zu verraten."

„Soll ich ihm noch weitere Fragen stellen?" Erwartungsvoll hob ich die Hände und ließ die Finger über der Tastatur schweben.

„Ich überlege gerade, wie wir es am besten formulieren sollten. Da das Profil auf *Privat* gesetzt ist, bleibt dir leider keine andere Wahl, als über die öffentliche Anzeige zu gehen. Also sollten wir bei unserer Wortwahl vorsichtig vorgehen."

Ich blinzelte heftig. Alles an dieser Sache machte mich extrem nervös, aber welche andere Wahl blieb mir denn? Zumindest war Mags bereit und in der Lage zu helfen.

Sie setzte sich aufrecht hin, und ihr Gesicht glühte aufgrund der neuen Idee. „Okay, ich hab's. Schreib ihm Folgendes.

Ich tippte ihren Satz Wort für Wort ab: *Wir sollten uns treffen, um das zu besprechen. Wie wäre es heute Abend um siebzehn Uhr im Little Dog Diner?*

„Guter Vorschlag", lobte ich sie, und eine Welle der Erleichterung durchflutete mich. „So können wir vielleicht auch herausfinden, ob er von hier ist und vor hat, seinen schriftlichen Drohungen auch Taten folgen zu lassen", fügte ich hinzu.

Eine Weile plauderten wir noch über Allgemeines, während wir auf eine Antwort warteten, die aber leider nicht kam. Ich warf einen Blick auf die Uhr in der Ecke meines Bildschirms und seufzte.

„Noch immer nichts, aber ich mache mich vorsichtshalber mal auf den Weg. Danke für all deine Hilfe, Mags."

„Halte mich auf dem Laufenden", bat meine

Cousine noch, bevor ihr Gesicht vom Bildschirm verschwand und ich völlig allein zurückblieb.

Jetzt, da der Moment nahte, verließ mich beinahe wieder der Mut. Wollte ich mich wirklich mit meinem Ankläger treffen? Würde es mir gelingen, die Sache aus der Welt zu schaffen, bevor mein Mann von der Arbeit nach Hause kam?

Ach, wie sehr wünschte ich mir das.

7

ch schickte Charles eine kurze Nachricht, in der ich ihm mitteilte, ich würde fürs Abendessen Hummerbrötchen besorgen. Dann setzte ich mich hinter das Lenkrad meines Wagens und machte mich auf den Weg in das doch ein gutes Stück entfernte Misty Harbor.

Als ich so durch die Straßen der kleinen Stadt fuhr, die ich mein Leben lang mein Zuhause genannt hatte, fragte ich mich erneut, wieso einer der freundlichen Einwohner mich zugrunde richten wollte. Klar, wir hatten einen fairen Anteil an Mördern und anderen Betrügern, die jetzt ihr Dasein hinter Gittern fristeten, aber ich hatte doch immer nur versucht, den Menschen zu helfen, Gutes zu tun.

Und jetzt drohte jemand damit, dem ein für alle Mal ein Ende zu setzen.

Brachte ich mich in Gefahr, indem ich dieser Person gegenüberzutreten beabsichtigte? Indem ich um ein Gespräch bat, gab ich doch mehr oder weniger zu, dass, was immer sie vermutete, der Wahrheit entsprach, oder? Wie hoch war die Wahrscheinlichkeit, dass sie auf etwas anderes anspielte als auf meine Fähigkeit, mit Tieren kommunizieren zu können? Oder aber nahm sie noch Schlimmeres an?

O Mann, diese Situation gefiel mir überhaupt nicht.

Zumindest Mags nahm meine Sorge ernst, aber es tat weh, dass Großmutter und Octocat so unbeeindruckt davon waren. Und ja, ich hätte es längst Charles erzählen sollen, aber er war in letzter Zeit so beschäftigt. Immerhin musste er die Zeit, die er sich für unsere Flitterwochen freigenommen hatte, wieder reinarbeiten.

Ich würde ihn heute Abend ins Bild setzen, bei unserem Lieblingsessen aus unserem Lieblingsrestaurant, um den Schock ein wenig zu mildern.

Diese und ähnliche Gedanken, gepaart mit Angst, Selbstzweifel und Unentschlossenheit, wirbelten mir den gesamten Weg über durch den Kopf.

Ich hatte mein geliebtes Diner kaum betreten, als auch schon die diensthabende Kellnerin auf mich zugeeilt kam. „Vier Hummerbrötchen zum Mitnehmen, Süße?", fragte sie mit einem breiten Lächeln, während sie mit einem feuchten Tuch über die laminierten Speisekarten wischte. Sie war neu und ich konnte mich nicht mehr an ihren Namen erinnern. Sie hingegen schien mich sofort wiedererkannt zu haben.

„Eigentlich ..." Ich hüstelte in meine Faust und war plötzlich sehr nervös. Was, wenn Charm bereits hier war und mich beobachtete? Verstohlen ließ ich meinen Blick durchs Lokal huschen, während mir mein rasender Puls in den Ohren pochte.

„Eigentlich?", hakte die Kellnerin nach, als ich nicht direkt weitersprach, und nickte mir beruhigend zu.

Ich schaute zurück zu ihr und vergrub beide Hände in meinen Taschen, um das Zittern zu verbergen. „Ich würde gerne eine Weile hierbleiben, bevor ich die Brötchen zum Mitnehmen bestelle. Könnte ich einen Tisch bekommen, und eine Diät-Cola?"

„Natürlich, Babe. Setz dich hin, wo du möchtest. Bin gleich mit deinem Getränk zurück." Sie schien erleichtert, unserem irgendwie peinlichen Gespräch zu entkommen oder es zumindest für den Moment auf Eis legen zu können.

So nahm ich erst einmal Platz und sah mich ein weiteres Mal unter den Gästen um. Fast alle waren eher in Großmutters Alter. Glaubte ich wirklich, dass der süße alte Mann mit der dicken Hornbrille und den gepunkteten Hosenträgern zu einem solch abscheulichen Verhalten fähig wäre?

Die Kellnerin brachte mir meine Coke und ich nippte daran, während ich weiterhin die Anwesenden kategorisierte. Niemand schenkte mir Beachtung, außer einem höflichen Lächeln oder einem kurzen Nicken.

Keiner von ihnen war Charm, dessen war ich mir sicher.

„Kommt bei dir noch jemand?" Die Kellnerin, die gerade am Nachbartisch Vorspeisen serviert hatte, wandte sich erneut freundlich lächelnd an mich.

„Ja", sagte ich, und meine Stimme klang plötzlich heiser.

„Okay, wenn sie demnächst eintrudeln, kann ich ja schon mal die Bestellung aufnehmen", bot sie grinsend an. „Oder soll ich zumindest deine Cola nochmals auffüllen?"

Wie lange wollte ich eigentlich auf jemanden warten, der womöglich überhaupt nicht aufkreuzen würde und bei dem ich mir immer weniger sicher war, ob ich ihn überhaupt kennenlernen wollte?

„Ich weiß leider nicht ganz genau, bis wann sie hier sein können. Moment, ich schaue mal schnell auf mein Handy." Ich lächelte sie unbeholfen an, während sie, das Tablett in Händen haltend, wartend neben mir stehen blieb. Mit zitternden Fingern scrollte ich zu der Anzeige, in der alle meine Interaktionen mit Charm stattgefunden hatten.

Nach wie vor nichts.

Wie dumm ich doch wieder einmal gewesen war, anzunehmen, er würde tatsächlich kommen. Warum war ich nicht einfach zu Hause geblieben, anstatt diesen langen Weg auf mich zu nehmen? Ganz einfach: Ich war verzweifelt und wollte diese Sache aus der Welt schaffen.

Tja, wir kriegen eben nicht immer das, was wir uns wünschen.

„Alles in Ordnung?", fragte die Kellnerin, legte den Kopf schief und ließ ihr Tablett sinken.

„Ja, Ich würde dann die Hummerbrötchen zum Mitnehmen bestellen", presste ich hervor.

„Bin gleich wieder da", versicherte sie mir, bevor sie in Richtung Küche verschwand.

Ich nickte, konnte jedoch den Blick nicht von dem winzigen Handy-Display lösen, und obwohl ich es besser wusste, tippte ich erneut eine Nachricht: *Sie sind nicht hier.*

Dieses Mal reagierte Charm prompt: *Ich habe auch nie gesagt, dass ich kommen würde. Da scheint ja jemand ziemlich verzweifelt zu sein.*

Seinen Worten folgten drei Totenkopf-Emojis.

Was bitte hatte *das* jetzt wieder zu bedeuten?

Ich beschloss, einen Screenshot zu machen, diesen an Mags zu schicken und sie zu fragen.

Tot war ihre umgehende Antwort. *Also sozusagen zu Tode lachen. Er macht sich lustig über dich.*

Ich wurde stutzig. War das womöglich alles nur ein schlechter Scherz? Dennoch war ich noch keinen Schritt weiter gekommen, wer hinter dem mysteriösen Schreiber steckte oder was er wirklich wollte. Und mein Tag war ruiniert.

Ein paar Minuten später stellte die Kellnerin eine weiße Papiertüte vor mir ab. „Tada, vier Hummerbrötchen zum Mitnehmen, wie immer!"

O nein, auch das noch! Jetzt hatte ich doch komplett vergessen, meine übliche Bestellung abzuändern und auch die neueren Mitglieder unseres Haushalts zu berücksichtigen. Allerdings wusste ich auch nicht, ob Charlene, Jacques und Jillianne diese Speise überhaupt mögen würden. Es war schon seltsam genug, dass Octocat so versessen darauf war.

Ich reichte der Kellnerin ein Bündel Banknoten, bedankte mich für ihre Hilfe und verschwand nach draußen. Auch wenn niemand mein merkwürdiges Verhalten mitbekommen hatte, schämte ich mich dafür.

Die ganze Sache fühlte sich so hoffnungslos an.

Ich fühlte mich hoffnungslos.

Kaum dass ich wieder in meinem Wagen saß, klingelte mein Telefon. Ich stelle den Anruf auf Lautsprecher, und Charles' Stimme hüllte mich ein wie eine warme Decke.

„Ich bin zu Hause, aber wo ist mein geliebtes Eheweib?", neckte er mich.

„In etwa dreißig Minuten ebenfalls da", versicherte ich ihm, nachdem ich mein Navi bezüglich der ungefähren Ankunftszeit befragt hatte. Zwar kannte ich die Gegend wie meine Westentasche, aber manchmal war ich so in Gedanken, dass ich einfach eine Abzweigung verpasste, wenn ich nicht daran erinnert wurde.

„Du klingst ...", begann mein Mann, hielt dann jedoch abrupt inne. „Alles okay mit dir?"

„Nein, es war nicht unbedingt mein Tag", gab ich seufzend zu, „aber damit will ich dich jetzt nicht belästigen." Warum bitte sagte ich so etwas? Es war doch überhaupt nicht wahr. Ich brauchte dringend jemanden an meiner Seite, eine Person, die nicht so weit weg war wie Mags.

„Hey, ich wusste, worauf ich mich einließ, als wir uns das Jawort gaben. Deine Probleme sind jetzt auch die meinen, also schieß los. Möglicherweise kann ich helfen."

Das war der Moment, in dem ich die Tränen nicht mehr zurückhalten konnte. Ich heulte dermaßen heftig, dass ich sogar am Straßenrand anhalten und mich erst wieder sammeln musste, bevor ich meine Fahrt fortsetzen konnte. Und ich erzählte Charles alles, von der ersten Begegnung mit Charm bis hin zu den Totenkopf-Emojis, und sämtliche Details dazwischen.

„Beruhige dich Schatz, es wird alles gut", sagte er. „Wir werden gemeinsam eine Lösung finden. Notfalls werde ich eine Unterlassungsklage einreichen, um jegliche zukünftigen Kontaktaufnahmen zu unterbinden. Das schreckt die Leute normalerweise schon genug ab."

Ich atmete zittrig aus. „Ja, okay."

„Ich wünschte, du hättest mich direkt angerufen, als du darauf gestoßen bist."

„Aber ich weiß doch, wie beschäftigt du bist, und wollte dich nicht von Wichtigem ablenken", argumentierte ich und bedauerte gleichzeitig, dass ich es nicht getan hatte. Charles wusste immer einen Rat, ganz gleich, wie schwerwiegend das Problem auch sein mochte.

„Arbeit ist Arbeit, Angie, du jedoch bist mein Leben."

„Ich liebe dich", sagte ich, und erneut entrang sich ein Schluchzen meiner Kehle.

„Ich liebe dich auch, aber …" Seine Stimme nahm einen strengen Ton an. „Das war nicht clever, dass du versucht hast, diese Person allein zu stellen. Die Sache hätte böse ausgehen können."

„Ich weiß", gab ich geknickt zu. „Aber ich war einfach so verzweifelt und wollte nur, dass es vorbei ist."

„Überlasse alles Weitere mir", sagte er entschlossen. „Ist es okay für dich, dass ich deinen Laptop benutze? Ich würde diesem Charm gerne ein paar Fragen stellen."

„Nur zu", erwiderte ich und schnäuzte mich lautstark in ein Taschentuch.

„Fahr bitte vorsichtig", war das Letzte, was er sagte, bevor er auflegte. Und dann war ich wieder allein.

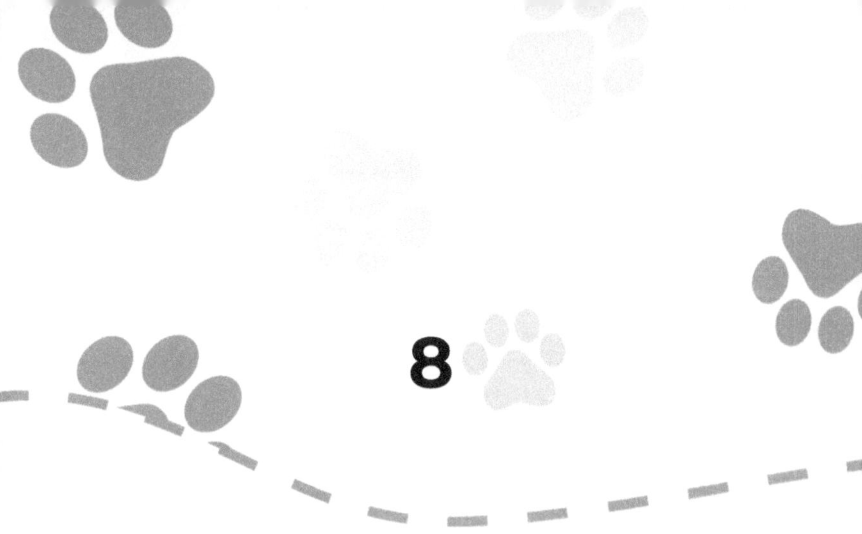

8

Dreißig Minuten später marschierte ich durch die Haustür, die Hummerbrötchen wie eine Art heilige Opfergabe vor der Brust haltend.

„Na endlich", murrte mein Kater, sprang von der unteren Stufe der großen Treppe herab und trottete zügig in Richtung Esszimmer.

„Was meinst du mit *Na endlich*? Du wusstest doch nicht einmal, dass ich weggefahren bin", raunzte ich ihn an.

Die einzige Antwort darauf war ein munteres Wedeln seines Schwanzes, als er sich entfernte.

„Ist das meine Frau?" ertönte Charles Stimme von oben.

Ich drehte mich wieder zur Treppe und beobachtete ihn, wie er die Stufen heruntergeeilt kam, meinen Laptop fest umklammert.

Beinahe wagte ich nicht zu fragen: „Hattest du Erfolg?"

Seine Mundwinkel wanderten nach oben, als er mir verriet: „Es ist Blaire."

„Welche Blaire?", stammelte ich verwirrt, bis bei mir der Groschen fiel. „Doch nicht etwa die aus der alten Villa? Wie in aller Welt hast du das herausgefunden?"

„Genau die. Das war nicht weiter schwierig. Sie hat sich zu erkennen gegeben, nachdem ich ihr die Folgen ihres Handelns aufzeigte. Aber komm, sieh dir das an." Charles deutete mir an, am Tisch Platz zu nehmen, stellte den Laptop vor uns ab und drückte auf *Play*. Es öffnete sich ein Video, das ich zuvor noch nicht gesehen hatte.

Darin stand ich in einem wunderschönen Garten und unterhielt mich mit einer Bienenkönigin namens Bey. Die Szene hatte sich irgendwann vor zwei bis drei Wochen während unserer Flitterwochen in Virginia abgespielt. In der Aufnahme war nur meine Stimme zu hören, schätzungsweise war Beys Summen zu leise gewesen, als dass das Handy sie hätte einfangen können.

„Ja, Aldrin und Lightyear haben mir bereits

davon berichtet. Sie rotten euren natürlichen Lebensraum aus und bereichern sich an eurem Honig, so dass für euch selbst nichts mehr übrig bleibt." Die Kamera war nicht besonders nah dran, dennoch konnte man meine mitfühlende Miene deutlich erkennen.

Mein Video-Konterfei hielt inne, während Bey anscheinend etwas darauf antwortete und die Filmerin versuchte, näher an die Bienenkönigin heranzuzoomen. Die jedoch hockte auf einer Blüte, was nur ich wusste, weil ich eben vor ihr gestanden hatte. Für den unbedarften Betrachter war sie nicht zu erkennen.

„Also hat dieser Garten einen gewissen sentimentalen Wert für dich", fuhr mein auf Film gebanntes Ich fort. „Das kann ich nur zu gut nachvollziehen. Gibt es etwas, das ich tun kann, um euch zu helfen?"

Die Kamera schwenkte umher, und dann war ich wieder im Bild.

„Ach ja, da fällt mir ein … bitte stürzt euch nicht auf meinen Mann. Er ist einer der Guten und hochgradig allergisch."

Eine weitere lange Pause.

„Da ich dich aber schon einmal hier bei mir habe, hätte ich noch eine Frage: Sind dir weitere seltsame

Dinge in diesem Garten oder in dem Haus aufgefallen?"

Dann endete das Video abrupt, obwohl ich wusste, dass das Gespräch noch einige Zeit weitergegangen war.

„Na ja, so schlimm ist das ja nicht, oder? Man kann ja nicht mal feststellen, mit wem ich überhaupt spreche, von daher wird niemand das als echten Beweis akzeptieren", argumentierte ich und wartete darauf, dass mein Mann mir zustimmte.

Was er allerdings nicht tat.

„Wenn es nicht noch eine weitere Aufnahme gäbe", sagte er und klickte auf ein zweites Video, während ich noch nicht einmal dieses verarbeitet hatte. Ich erinnerte mich noch ganz genau an jene Momente. Es war unser letzter Tag in Virginia gewesen, bevor wir uns mit Charlene auf den Heimweg machten. Ich saß im Schneidersitz auf dem Boden und unterhielt mich mit der Katzenmama, die wir während unseres Aufenthalts so verzweifelt gesucht hatten. Da ich unbedingt in Erfahrung bringen wollte, ob sie damit einverstanden war, dass wir ihr Baby mitnahmen, bat ich Blaire um etwas Privatsphäre. Die junge Frau mit den regenbogenfarbigen Haaren hatte nämlich die Mutterkatze adoptiert und ihr den Namen Socks verpasst, was so gar nicht passte, da ihre Füßchen genauso dunkel waren wie der restliche Körper.

Blaire kam meiner Bitte nach, musste aber irgendwo eine versteckte Kamera installiert haben, die unsere Verabschiedung aufzeichnete. Ihr war ja offensichtlich bereits klar, wozu ich fähig war, da das Gespräch mit Bey am Vortag stattgefunden hatte.

Ich hätte es wissen müssen. Sie schien alles zu filmen, sei es Charles' Sturz durch die Treppe oder das geheime mitternächtliche Treffen zwischen Mrs McKenzie und Billy, die, wie sich später herausstellte, für all das verantwortlich waren, was in der Pension schiefgelaufen war. Sie hatte stets ihr Telefon in der Hand und hielt alles in Bild und Ton fest. So natürlich auch mich. Und dennoch …

Ich stieß einen tiefen Seufzer aus. „Ich verstehe das nicht. Wir haben dem Mädchen geholfen, ihr Arbeit und eine Unterkunft verschafft. Warum erpresst sie mich?"

„Frag sie doch direkt", schlug Charles vor und drehte den Laptop zu mir um. „Ich habe sie übrigens gebeten, ihre Einstellungen auf privat zu setzen. Soviel ich weiß, wurde keines der Videos bisher öffentlich gepostet."

Das war zumindest eine Erleichterung, wenn auch nur eine kleine. Jetzt, da ich Charms Identität kannte, fühlte ich mich noch schlechter. Welchen Grund hatte sie, mir auf diese Weise zu drohen? Ich hatte ihr nie etwas getan.

Meine Finger schwebten über der Tastatur, während ich überlegte, was ich schreiben sollte. Ich beschloss, sie direkt darauf anzusprechen:

Blaire, warum tust du das?

Ihre Antwort traf mich ziemlich unerwartet. *Willst du denn nicht berühmt sein?*

„Nein!", brüllte ich den Computer an, was Charles dazu veranlasste, mir beruhigend einen Arm um die Schultern zu legen. „Das Ganze ist einfach nur lächerlich."

„Schreib weiter mit ihr. Das ist die beste Chance, all dem ein Ende zu setzen."

Alles, was ich will, ist, ein ganz normales Leben zu führen. Was muss ich tun, damit du deine Videos löschst und mich in Ruhe lässt?

„Selbst wenn sie sich damit einverstanden erklären sollte, sind sie wahrscheinlich immer noch in der Cloud gespeichert", erinnerte mich Charles sanft daran, dass ich niemals sicher sein würde, selbst wenn ich Blaire zum Schweigen bringen könnte.

Ihre nächste Nachricht schien darauf hinzudeuten, dass wir komplett aneinander vorbeiredeten.

Stell dir doch mal vor ... Werbedeals. Reality-

Shows. Du könntest sogar TikTok-Influencerin werden. Und ich manage dich, natürlich gegen einen entsprechenden Anteil.

Diese letzte Aussage wurde von drei Emojis mit weit aufgerissenen Augen begleitet. Die Schädel-Emojis hätten mich eigentlich bereits vorwarnen müssen, dass meine Peinigerin der Z-Gen angehörte. Jemand wie ich aus der Millennial-Generation hätte in so einem Fall wahrscheinlich eher ein weinendes Smiley eingefügt.

All das will ich aber nicht, tippte ich wütend zurück und beobachtete, wie Charms Profilbild mit dem Meeresausschnitt auf und ab hüpfte, während sie antwortete. *Hör zu, ich biete dir die einmalige Chance, von Anfang an dabei zu sein. Da ich das Filmmaterial bereits habe, werde ich die Sache durchziehen, mit oder ohne dich.*

„Lass mich mal", sagte Charles und drängte mich zur Seite.

„Tatsächlich", sprach er jedes Wort laut aus, das er es in den Chat eintippte, „ist das Teilen dieser Videos ohne Angies Zustimmung illegal. Im günstigsten Fall stellt es lediglich einen Eingriff in ihre Privatsphäre dar. Im schlimmsten Fall verletzt du, wenn du sie dazu hernimmst, um Werbeverträge an Land zu ziehen oder auch nur, um deinen Feed zu monetarisieren, ihre Persönlichkeitsrechte, was wesentlich heftigere Konsequenzen nach sich ziehen wird. Ist deine Adresse immer noch dieselbe? Ich muss wissen, wohin ich die Abmahnung und Unterlassungsaufforderung schicken soll."

Ich gab ihm einen aufgeregten High Five. Es war einfach nur klasse, mit einem Anwalt verheiratet zu sein. Er wusste immer ganz genau, wie man Menschen mit Regeln und Vorschriften abschrecken konnte.

Es entstand eine längere Pause, bevor Blaire darauf antwortete: *Ah, du musst der „Ehemann" sein. Nun gut, richte deiner Süßen aus, dass ich lediglich versucht habe, ihr zu helfen. Wenn sie ein Spielverderber sein will, ist das ihre Sache. Dann bleibt von mir aus arm.*

Ich stöhnte frustriert auf. „Aber wir sind nicht ..."

Charles legt mir eine Hand auf die Schulter und drückte sie leicht. „Darauf antworten wir jetzt nicht mehr. Das sollte gereicht haben, damit sie dich zukünftig in Ruhe lässt. Für alle Fälle machen wir aber Screenshots von dieser Unterhaltung und ihren Kommentaren auf die Anzeige."

Er hatte natürlich recht. Blaire wusste ganz genau, dass er sich auf sein Handwerk verstand. Immerhin war er es gewesen, der das Hotel in

Virginia gerettet und ihr überhaupt erst den Job verschafft hatte. Von daher konnte ich es immer noch nicht glauben, dass sie all das auf Spiel setzte, indem sie versuchte, mir eine Art perversen Prominentenstatus aufzuzwingen. Und all das nur, um sich ein Nebeneinkommen zu sichern. *Widerlich!*

Ich klappte den Laptop zu und wandte mich an meinen wunderbaren Mann. „Und was jetzt?", fragte ich. So allmählich fand mein Herzschlag zu einem normalen Rhythmus zurück, und auch das Atmen fiel mir wieder leichter.

Aber nicht jeder war in diesem Moment so glücklich wie ich.

„Um alles in der Welt, was flauschig ist", brüllte Octocat aus der Küche zu uns herüber. „Würde mich jetzt bitte endlich mal jemand füttern?"

Ich lachte, als ich für jeden von uns ein Hummerbrötchen auspackte.

Und der erste Biss? Er schmeckte dekadent, fast wie ein Sieg.

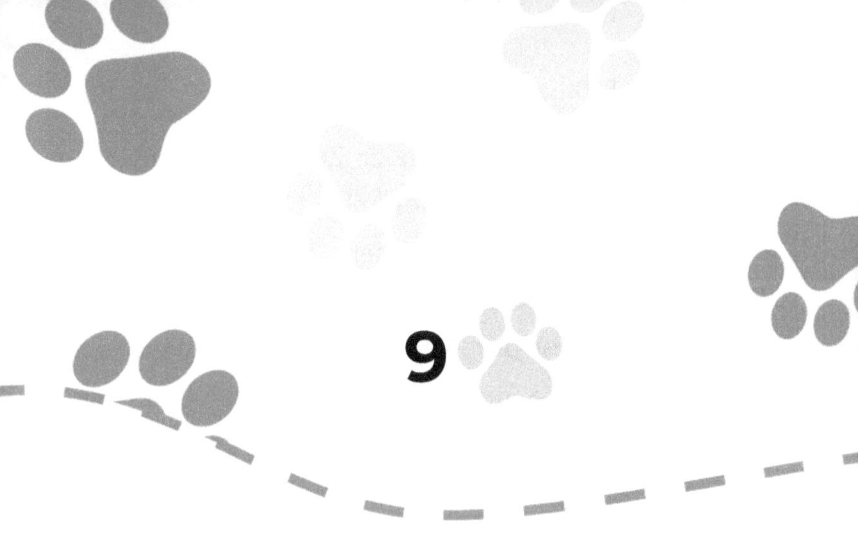

9

Charles und ich verbrachten einen gemütlichen Abend miteinander, kuschelten mit den Katzen und arbeiteten uns durch unsere Netflix-Favoritenliste. Ich fühlte mich immer so viel besser, wenn er hier bei mir war.

„Es tut mir leid, dass ich momentan kaum zu Hause bin", murmelte er, als wir uns fürs Bett fertig machten. „In letzter Zeit krachen die Fälle nur so rein, aber noch bin ich skeptisch, ob ich einen weiteren Anwalt einstellen sollte. In Kleinstädten weiß man einfach nie, was man bekommt. Man hat entweder zu viel oder zu wenig Arbeit."

Ehrlich gesagt konnte ich mich nicht erinnern, dass sein Arbeitspensum jemals unter die Rubrik *zu wenig* gefallen wäre. In letzter Zeit jedoch hatte es ganz neue Ausmaße angenommen. Natürlich war ich unglaublich stolz auf meinen Mann und seine Erfolge, aber manchmal wünschte ich mir einfach, ihn vor dem Rest der Welt zu verstecken, damit er allein mir gehörte, und sei es auch nur für ein paar Stunden.

Ich beendete das Zähneputzen, spuckte den Schaum der Zahnpasta ins Waschbecken und gab ihm einen Kuss auf die Wange. „Ist schon in Ordnung. Ich verstehe das völlig. Aber hin und wieder vermisse ich dich schrecklich."

Er beugte sich kurz zu mir herunter, um mich ebenfalls zu küssen, bevor er sich wieder seiner nächtlichen Pflegeroutine widmete. „Ich dich ebenfalls, Liebling. Und so sehr ich meinen Job auch liebe, wünschte ich, ich müsste nicht so viel arbeiten. Immer habe ich das Gefühl, zu Hause etwas zu verpassen. Wie gerade diese ganze Sache mit Blaire ..." Er schüttelte den Kopf. „Ich hätte bei dir sein müssen."

„Bitte mach dir keine Gedanken darüber. Heute war alles andere als ein normaler Tag. Ansonsten passiert nicht viel."

Charles blickte hoch, um mein Antlitz im Badezimmerspiegel zu studieren. „Sicher, dass es dir gut geht?“

„Ja, oder zumindest wird dem bald so sein. Es waren einfach eine Menge Veränderungen. Gute natürlich, aber dennoch sind sie gewöhnungsbedürftig, verstehst du?“ Ich zuckte mit den Schultern und trug etwas Feuchtigkeitscreme auf mein Gesicht auf. Normalerweise tat ich das am Abend nicht, aber ich musste während dieser Unterhaltung meine Hände und meinen Geist beschäftigt halten.

Ebenso wie er fehlte mir auch meine Großmutter. Natürlich sah ich beide jeden Tag, aber das war einfach nicht genug. Ich hasste es, allein zu sein, und viel zu oft war das so. Sogar Octocat war kaum mehr um mich herum, musste er sich jetzt doch um seine Tochter kümmern. Und auch er ging mir ab.

Wer hätte gedacht, dass mir einmal die permanente Kritik meines verschrobenen Katers fehlen würde. So allmählich kam es mir vor, als würde ich durchdrehen.

Ich musste mein Leben wieder auf die Reihe bekommen – und zwar schleunigst.

Da es mir nicht gelang, meine Gedanken abzuschalten, lag ich also die ganze Nacht über wach, während Charles neben mir selig schlummerte. Vielleicht könnte ich mich auf die Suche nach Rätseln oder neuen Fällen machen, die es zu lösen galt. Es wäre zwar genial, wenn ich damit auch mein Geschäft wieder ankurbeln könnte, aber in erster Linie brauchte ich etwas, das mich beschäftigte und die frühere Leidenschaft wieder zu entfachen vermochte.

Einigermaßen zufrieden mit meinem Plan, am nächsten Tag die Innenstadt zu durchstreifen, fiel ich schließlich doch noch in einen kurzen, unruhigen Schlaf. Als ich am Morgen erwachte, war Charles bereits weg.

Und wieder war mir so langweilig, dennoch fehlte mir die Energie, mich fertig zu machen und meinen Hintern in die Stadt zu bewegen. Eigentlich war es doch völlig egal, ob ich den ganzen Tag im Schlafanzug herumlief oder ob ich mir die Haare bürstete, oder?

Schon komisch, dass nichts zu tun zu haben, mich irgendwie dazu verleitete, noch weniger aus mir selbst zu machen. Aber es war ja eh niemand da, von daher völlig egal.

Eine Weile hing ich vor dem Computer herum, wobei ich hauptsächlich Spiele spielte, anstatt etwas Sinnvolles zu tun. Hmm. Vielleicht sollte ich wieder aufs College gehen, einen weiteren Abschluss machen, oder sogar in einem der früher belegten

Fächer den Bachelor anstreben? Schule hatte ich immer gemocht und deshalb ja auch jahrelang einen Studiengang nach dem anderen in Angriff genommen.

Oder ich könnte mich ja in Charlenes Katzenunterrichtsstunde schleichen. Das wäre zumindest eine Art von Beschäftigung, und ich wäre den Tag über nicht so einsam.

Entschlossen schaltete ich meinen Laptop aus und schlenderte dann langsam durchs Haus auf der Suche nach meinen tierischen Mitbewohnern. Es dauerte nicht lange, bis ich entdeckte, dass die Sphynx-Katzen Grandmas altes Schlafzimmer für sich beansprucht und dort ein provisorisches Klassenzimmer für ihre Schülerin eingerichtet hatten.

Ich öffnete die Tür einen Spalt und lauschte. „Wenn man zwei tote Mäuse hat, aber nur eine davon wirklich tot ist, während die andere noch zuckt ... Wie sollte man dann mit diesen beiden Leckereien verfahren? Welche Maus sollte man vorerst aufbewahren, wenn man verhindern möchte, dass man schlaff und übergewichtig wird?", fragte Jillianne in einem rhythmischen, trällernden Tonfall, der so ganz und gar nicht dem glich, den sie mir gegenüber stets anzuschlagen pflegte.

„Das ist eine Fangfrage", rief das kleine Kätzchen

aufgeregt. „Man muss nichts reduzieren. Außerdem bewege ich mich bei der Mäusejagd ausreichend."

„Sehr gut!", lobte ihre Lehrerin sie. „Wenn du jetzt aber …"

Plötzlich entdeckte sie mich und verstummte augenblicklich. „Kann ich dir helfen?"

Verflixt! Ich hatte ihren seltsamen Kauderwelsch aus Ernährung und Algebra zwar nicht verstanden, den Unterricht jedoch recht unterhaltsam gefunden. „Entschuldigung", platzte ich heraus, öffnete die Tür noch ein Stück weiter und betrat den Raum. Sofort stach mir eine seltsame Ansammlung von Gegenständen ins Auge, die sich zwischen den Katzen auf dem Bett befanden: vermisste Socken, Müll, Pflanzen aus dem Garten und eine Art pelziger Kadaver.

„Hier sind keine Menschen erlaubt", rief Jacques, die kleinere der beiden haarlosen Samtpfoten, marschierte direkt auf mich zu und versetzte mir einen Schlag auf den Knöchel. „Dieser spezielle Unterricht ist nur für uns Katzen. Raus mit dir, husch, husch!"

„Mir macht es nichts aus, wenn sie bleibt", argumentierte Charlene, wurde aber schnell von den beiden Älteren überstimmt.

„Was in der Katzenschule passiert, muss auch in

dieser bleiben", ordnete Jillianne an, während ihr Bruder mich zurück in den Flur drängte.

Tja, so viel zu dieser glorreichen Idee.

Nach diesem missglückten Versuch, ein wenig mehr über die Gepflogenheiten des Katzendaseins in Erfahrung zu bringen, beschloss ich, nach draußen zu gehen und einen Spaziergang über das Grundstück zu machen.

Ich hatte kaum den ersten Schritt von der Veranda herunter gemacht, als Pringle mich auch schon entdeckte und zu mir herübergeeilt kam.

„Findet unsere Vorlesestunde heute früher statt?", erkundigte er sich und rieb sich die Hände wie ein pelziger Drogensüchtiger. „Ich kann es kaum erwarten zu hören, wie Merlin dieses alte Gespenst besiegt."

Und weil ich diese Vorstellung ebenso gut fand wie jede andere, nickte ich. „Klar, lass uns ein wenig Zeit mit Merlin, Gracie und der Gang verbringen."

Der Waschbär machte vor Freude einen Luftsprung. Seit unserem ersten Aufeinandertreffen hatte er sich prächtig entwickelt, was mir aber erst vor kurzem so richtig bewusst geworden war. Sollte Octocat tatsächlich beabsichtigen, sich aus der Detektei zurückzuziehen, wusste ich, wer seinen Platz nur zu gerne einnähme.

Aber wollte ich das auch?

Darüber wie auch über das Geheimnis meines Lebens konnte ich mir später noch den Kopf zerbrechen. Für den Moment würde ich mich einfach in den magischen Geschehnissen unserer Lieblingsbuchreihe verlieren.

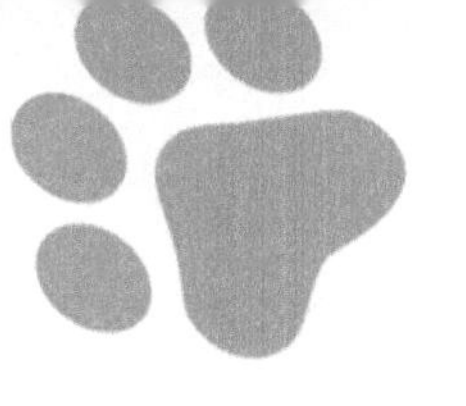

10

ls Großmutter und Paisley zum Mittagessen vorbeikamen, war ich vor Langeweile und Frustration völlig niedergeschlagen. Irgendwann war auch noch Octocat aufgetaucht, um mir in ungehaltenem Tonfall einen Vortrag über mein Eindringen in Charlenes Katzenunterricht zu halten. Er war sogar so weit gegangen, zu behaupten, meine unschuldige Neugierde hätte das Universum gehörig aus dem Gleichgewicht gebracht.

Na klar. Manchmal ging mir sein übertriebenes Ego wirklich auf die Nerven. Dann war ich wieder froh und dankbar, dass er mit Charlenes Erziehung beschäftigt war, anstatt ständig an mir herumzunörgeln.

Wenigstens waren da Grandma und ihr kleiner

Chihuahua, die fast jeden Tag für ein paar Stunden die Monotonie meines neuen Lebens durchbrachen.

„Ich habe dich so sehr vermisst!", rief Paisley und wedelte nicht nur mit dem Schwanz, sondern bebte am ganzen Körper, während sie mich mit Küssen überhäufte. Was für ein Unterschied zu dem ekelhaften Verhalten, das mein Kater recht häufig an den Tag legte. Und auch wenn ich das herzige Hündchen erst gestern gesehen hatte, hatte sie mir sehr gefehlt.

Ich kraulte die Kleine hinter den Ohren und lächelte. „Ich dich auch, meine Süße." Dann blickte ich zu meiner Großmutter auf: „Wie war dein Morgen, Grandma?"

Sie stürmte schnurstracks in Richtung Küche, zwei sehr voll aussehende Einkaufstüten in den Armen haltend, und rief mir im Vorbeigehen zu: „Grant und ich haben uns einer Gruppe Senioren angeschlossen, die im Park in der Innenstadt regelmäßig Tai-Chi praktizieren. Als heute Morgen die Sonne aufging, hatten wir bereits die Hälfte unseres Trainings absolviert. Es war großartig."

Für mich hörte sich das eher nach Folter an.

Sie streckte den Kopf durch die Küchentür und lächelte mich an. „Vielleicht solltest du auch mal mitkommen."

„Grandma, ich wäre mindestens vierzig Jahre

jünger als der Rest der Truppe." Stöhnend trabte ich ihr hinterher, dicht gefolgt von Paisley.

„Und was wäre daran so schlimm?"

Es stimmte zwar, dass ich meinen Platz finden musste, aber ich bezweifelte, dass mir das in einer Gruppe gesundheitsfanatischer Achtzigjähriger gelingen würde. Und dann auch noch mitten in der Nacht. Es mochte ihr Ding sein, meines jedenfalls nicht. Ich brauchte etwas, mit dem ich mich identifizieren konnte, ein weiterer Grund, warum ich die Detektei so verzweifelt zu retten versuchte.

So schnitt ich lediglich eine missmutige Grimasse und sie wandte sich ihren Backutensilien zu. „Ich dachte mir, ich könnte dir heute beibringen, wie ich meine berühmten Blaubeer-Scones mache" erklärte sie munter, während sie erst den einen und dann den anderen Beutel auspackte. Anscheinend hatte sie ihr halbes Gewürzregal mitgebracht.

Da ich bereits wusste, dass ich eine hoffnungslose Bäckerin war und noch dazu im Moment jede Menge geistigen Ballast mit mir herumschleppte, verspürte ich nicht die geringste Lust, ihren Ausführungen zu folgen. „Ich habe mir überlegt, ob ich nicht vielleicht wieder studieren sollte", murmelte ich und wartete gespannt, wie diese Idee bei ihr ankam.

Großmutter hielt in ihren Vorbereitungen inne

und drehte sich langsam zu mir um. „Aber du bist doch so gerne Detektivin, und auch gut darin.“

Ich zuckte mit den Schultern und versuchte, lässig zu wirken. „Ich bekomme aber keine Aufträge und Octocat will sowieso aussteigen. Und dann ist da ja noch die Sache mit Blaire.“

„Ich kann immer noch nicht glauben, dass dieses Mädchen, für die du so viel getan hast, dir so übel mitspielt.“ Ihr Gesicht lief rot an, und sie zitterte vor Wut.

„Sie hat nur versucht zu helfen – aber in erster Linie sich selbst.“

„Einfach nur schrecklich, so ein Verhalten“, sagte Großmutter und wandte sich wieder ihren Zutaten zu.

„Ja, der gestrige Tag war ziemlich stressig, aber zumindest hatte ich endlich mal wieder etwas zu tun. In letzter Zeit bin ich ziemlich plan- und ziellos.“

„Vielleicht leidest du an dem Post-Ehe-Blues?“, sinnierte sie. „Der kommt gar nicht so selten vor, wie man meinen sollte. Dein Leben verändert sich gerade extrem. Da ist es ganz normal, dass man sich irgendwie unausgeglichen fühlt.“

„Aber ich liebe Charles doch und bedauere diesen Schritt nicht. Leider hat er momentan sehr viel Arbeit und ist kaum zu Hause. Auch die Katzen schotten sich immer mehr ab. Und da Paisley und du nicht mehr hier seid, bin ich einfach ..." Wieder einmal kämpfte ich mit den Tränen. „Deshalb dachte ich, es wäre vielleicht eine gute Idee, wieder aufs College zu gehen."

Großmutter nickte, während sie die verschiedenen Gläser mit Gewürzen in einer geraden Reihe aufstellte. „Jetzt verstehe ich. Hast du bereits eine Vorstellung davon, was du studieren möchtest?"

Meine Mundwinkel wanderten nach unten. „Ehrlich gesagt, nein. Am liebsten löse ich ja Geheimnisse und Rätsel auf und würde das auch weiterhin gerne tun."

„Das könntest du ja auch weiterhin nebenbei machen. Wie wäre es denn mit einer Ausbildung zur Polizistin?"

„Vielleicht", erwiderte ich zögerlich, denn der Gedanke, regelmäßig eine Waffe tragen zu müssen, jagte mir einen Schauer über den Rücken. Ich war schon zu oft bedroht worden, als dass ich mich mit dieser Art von Macht in Händen wohl gefühlt hätte.

Großmutter legte eine Hand auf meinen Oberarm und wartete, bis ich ihr in die Augen sah, bevor sie weitersprach. „Du bist seit fast drei Jahren jemand, der mit Tieren sprechen kann und diese Gabe nutzt, um Kriminelle zu überführen. Noch nie zuvor hast du dich so lange mit etwas beschäftigt. Meiner Meinung nach ist das deine wahre Berufung. Du bist etwas Besonderes."

Ich seufzte schwer. Natürlich hatte sie recht, aber irgendwie reichte mir das nicht mehr. „Alle guten Dinge müssen irgendwann ein Ende haben."

„Papperlapapp! So kann nur jemand reden, der unglücklich ist."

„Eben …und zwar ich. Natürlich bin ich im Großen und Ganzen mit meinem Leben zufrieden, aber irgendetwas scheint mir zu fehlen. Ergibt das einen Sinn für dich?"

Sie drückte mir einen Kuss auf die Wange. „Du warst schon immer zu Größerem bestimmt, Angie, und dafür liebe ich dich. Zudem bin ich überzeugt, dass du herausfinden wirst, was dir fehlt – und zwar schon bald. Aber jetzt lass uns erst mal ein paar Scones backen. Würdest du bitte den Ofen für mich vorheizen?"

So sehr ich meine Großmutter auch liebte, da sie immer meine engste Bezugsperson gewesen war, glaubte ich doch, dass sie den Kern meines Problems nicht erkannte. Sie hatte doppelt so lange ein abenteuerliches Leben geführt wie ich mein vergleichsweise banales, und jetzt waren sie und ihr Mann beide im Ruhestand und wollten nur noch die ihnen verbleibende Zeit mit wunderbaren gemeinsamen Unternehmungen auszufüllen.

Ganz extrem war es mir am Vortag aufgefallen, als sie meine Sorge bezüglich der Charm-Situation nicht nachvollziehen konnte, und ich begann mich zu fragen, ob unsere Bindung womöglich allmählich etwas auszuleiern drohte.

Klar, wir sahen uns zwar noch immer fast jeden Tag, aber da wir nicht mehr gemeinsam unter einem Dach lebten, war alles irgendwie anders. Vor allem war ich nicht mehr die wichtigste Person in ihrem Leben – ihr neuer Ehemann Grant hatte mich ein wenig ins Abseits gedrängt.

Vielleicht war es an der Zeit, dass ich mich endlich abnabelte, aber das war ein langwieriger Prozess und ich stand nach wie vor auf ziemlich wackeligen Beinen.

Da ich für den Rest des Nachmittags, nachdem sie gegangen war, nichts anderes mehr zu tun hatte, beschloss ich, Oma Lyn anzurufen und mich zu erkundigen, wie es ihr so ergangen war. Jetzt, da sich die Sache mit Charm geklärt hatte, wollte ich nochmals von ihr hören, wie sie es geschafft hatte, mit dem Gespött umzugehen, nachdem ihr Geheimnis gelüftet wurde ... ein Geheimnis, das ich ja mit ihr teilte.

„Und sie hat tatsächlich gedroht, dich zu entlarven?", keuchte sie, als ich sie über sämtliche Details
ins Bild gesetzt hatte.

„Ja. Angeblich wollte sie mir zu Ruhm und Ehre
verhelfen. Ist das nicht lächerlich?"

„Na ja, Dr. Doolittle war ein sehr beliebter Film.
Das Original, meine ich, nicht diese miese computergenerierte Neuauflage mit diesem Ironman-Typen."

Als ich mir ihr Gesicht bei dieser Feststellung
vorstellte, konnte ich mir ein Lächeln nicht verkneifen. Man musste ihr schon einen ganz schönen
Brocken hinknallen, damit ihre sonst so sanfte
Stimme eine dermaßen heftige Abscheu widerspiegelte.

„Glaubst du, dass die Leute heutzutage eher bereit
sind, das zu akzeptieren?", fragte ich nervös und
zupfte an der Haut meines Ellbogens herum.

Oma Lyn schien einen Moment zu überlegen.
„Die Welt hat sich in den letzten Jahren sehr verändert, aber ich weiß es nicht, Angie. Schwer abzuschätzen, was passieren würde, wenn andere es
herausfinden."

„Bisher haben es alle, die davon erfuhren, akzeptiert. Niemand hat jemals schlecht über mich
gesprochen, bis eben jetzt Blaire. Aber selbst ihr geht
es ja in erster Linie darum, aus meiner Fähigkeit

Kapital zu schlagen, und nicht darum, mich bloßzustellen."

Einen Moment schwiegen wir beide. Wovon wollte ich meine Oma überzeugen? War es etwas, das ich bereits für mich selbst entschieden hatte? So weit war ich in meinem Gespräch mit Grandma noch nicht gekommen, und so sehr ich mich auch bemühte, ihr meinen Standpunkt klarzumachen, würde sie es doch nicht verstehen ... Zumindest nicht auf die Weise wie jemand, der über dieselbe Gabe verfügte.

„Hast du je bereut, was damals passiert ist, als Mom noch ein Baby war?", fragte ich vorsichtig. Auf diese Antwort war ich schon immer neugierig, hatte jedoch nie den Mut aufgebracht, sie direkt darauf anzusprechen. Bis jetzt.

Oma Lyn zögerte keine Sekunde. „Jeden einzelnen Tag. Wie oft hatte ich mir gewünscht, die Vergangenheit wäre anders verlaufen. Dennoch bin ich sehr glücklich über das, was ich jetzt habe. Wenn deine Mutter nicht erwachsen geworden wäre, hätte sie deinen Vater nie kennengelernt und der Welt nicht diesen größten Schatz schenken können – dich."

Und schon wieder musste ich heulen.

Großartig.

11

An diesem Abend war ich allein, weil Charles ein wichtiges Geschäftsessen mit einem Kunden hatte. Zum Glück waren noch jede Menge von Grandmas berühmten Blaubeer-Scones übrig, mit denen ich mir die einsamen Stunden versüßen konnte. Diejenigen, die ich selbst gebacken hatte, mussten wir direkt danach entsorgen. Irgendwie hatte ich nämlich vergessen, das Salz hinzuzufügen, was das fertige Produkt viel mehr verdarb als man annehmen könnte.

Inzwischen hatten auch die Katzen ihren Unterricht für heute beendet, was bedeutete, dass sich alle dicht an mich kuschelten – ein kleines, anspruchsvolles, bunt zusammengewürfeltes Rudel Samtpfoten.

Wir beschlossen, gemeinsam den *Zauberer von Oz*

anzuschauen, da Charlene den Film noch nicht kannte, und waren gerade bei der Stelle angelangt, wo Dorothy auf den feigen Löwen traf, als mein Handy, das auf dem Couchtisch lag, eine eingehende Nachricht ankündigte. Ich griff danach und zuckte zusammen, als ich den Absender erkannte.

Octocat bemerkte sofort, wie ich mich verspannte. „Was ist los?", fragte er, machte einen Satz über die anderen hinweg und kletterte auf meinen Schoß, wo er dem Telefon einen Schlag verpasste. „Was hast du bekommen?"

„Es ist eine weitere Nach ..."

„Angela, halte bitte zuerst den Film an", rief er dermaßen entschlossen und laut aus, dass ich mich unwillkürlich auf meinem Platz aufrichtete. Dann schnappte ich mir die Fernbedienung, drückte auf die Stopptaste und verriet: „Charm hat sich erneut gemeldet."

Mein Kater rümpfte die Nase, als hinge ein übler Geruch in der Luft. „Deine Peinigerin? Aber ich dachte, ihr hättet sie entlarvt und Kotzbrocken sie dazu gebracht, mit dem Mist aufzuhören. Was will sie denn jetzt schon wieder?" Seit wir aus den Flitterwochen zurückgekehrt waren, hatte Octocat es sich angewöhnt, meinen Mann wieder mit diesem schrecklichen Spitznamen zu betiteln. Angeblich wollte er damit nur einer Verwechslung zwischen Charles und Charlene vorbeugen, aber ich wusste es besser. Er war manchmal einfach gehässig.

„Ist es wirklich diese nette Blaire, die dahintersteckt? Die Frau, die meine Mama adoptiert hat?", wimmerte Charlene traurig.

„Bedauerlicherweise ja." Es tat mir so leid, das zugeben zu müssen. Die Kleine war noch viel zu jung, um sich mit solchen Problemen auseinanderzusetzen, um zu erfahren, wie viel Schlechtes es auf dieser Welt gab.

„Mir ist noch nie ein Mensch mit so massiven Problemen untergekommen, wie du sie hast", sagte Jacques und streckte sich, wobei er seine haarlosen Pfoten mit Schwimmhäuten überdeutlich zur Schau stellte.

„Und unsere erste Besitzerin wurde sogar ermordet", fügte seine Schwester mit gruseliger Stimme hinzu.

„Vielen Dank für das Kompliment." Wann immer möglich, vermied ich es, mich auf Diskussionen mit den beiden Sphynx-Katzen einzulassen. Sie fanden einfach kein Ende, und ich hatte weder die Lust noch die Energie, mich mit ihnen zu streiten.

„Komm, lies die Nachricht endlich vor", forderte

Octocat mich auf und rieb sein Gesicht ungeduldig an meinem Telefon.

„Ja okay, Moment." Ich wischte über das Display, um die Social-Media-App zu öffnen, und hielt den Atem an, während meine Augen über den Text flogen. Dann jedoch stieß ich einen langen, glücklichen Seufzer aus.

„Das ist jetzt aber nicht cool, dass du sie für dich behältst. Immerhin stecken wir mittlerweile alle in dieser Sache drinnen", brummte Jillianne und fuhr sich mit der Zunge über die Falten in ihrer Achselhöhle. Ihr Bruder und sie taten immer so, als würden sie sich putzen, mir jedoch kam es stets so vor, als wären sie dadurch noch schmutziger, als sie eh schon waren. Deshalb mussten sie auch zweimal wöchentlich gebadet werden, eine Aufgabe, die Charles glücklicherweise selbst übernahm.

Ich drehte das Telefon, damit Octocat die neue Nachricht von Charm lesen konnte. Für die übrigen gab ich sie in einfachen Worten wieder. „Sie schreibt, es würde ihr leidtun und sie wollte sich nur noch einmal rückversichern, dass ich sie nicht verklage."

„Genau das *sollten* wir aber tun", sagte mein Kater, und seine bernsteinfarbenen Augen blitzten angriffslustig. „Mit dem Geld, das wir damit verdienen würden, könnten wir uns Aktien am Little Dog Diner kaufen."

„Kommt überhaupt nicht in Frage, dass du an der Börse spekulierst", warnte ich sofort. „Das werde ich zu verhindern wissen."

Er legte die Ohren an. „Wie wäre es dann zumindest mit ein paar Hummerbrötchen?"

Ich verdrehte genervt die Augen. „Die hatten wir doch erst gestern."

„Tja, was soll ich tun. Ein Katzenmagen braucht eben, was er braucht."

„Ich glaube nicht, dass der Spruch so lautet", entgegnete ich mit einem finsteren Blick.

„Können wir jetzt bitte den Film weiterschauen?" Jacques schnaubte, leckte sich dann jedoch genüsslich über seinen fleischigen Oberschenkel und fügte hinzu: „Das ist nämlich meine Lieblingsstelle."

„Ja, das werden wir ... gleich." Ich kaute auf meiner Unterlippe, während ich mich durch die Gedankenflut arbeitete, die gerade mein Gehirn überschwemmte. „Aber können wir zuerst noch ganz kurz über etwas reden?"

Charlene sprang auf die Rückenlehne der Couch, krabbelte dort entlang und ließ sich neben meiner Schulter nieder. Octocat machte es sich auf meinem

Schoss bequem. Die Nacktkatzen blickten irritiert drein, fingen aber zumindest keine Diskussion an.

„Diese ganze Sache mit Charm … Blaire … hat mich zum Nachdenken gebracht." Ich hielt kurz inne, nur für den Fall, dass eine der Fellnasen vorhatte, sich zu beschweren, einen Kommentar abzugeben oder meinen üblichen Mangel an Weitsicht zu kritisieren.

Als glücklicherweise alle still blieben, fuhr ich mit meiner Bitte um Rat fort. „Als ich erfahren musste, dass irgendein geheimnisvoller Fremder im Internet mein Geheimnis herausgefunden hatte und aufdecken würde, war ich völlig panisch. Gut, Blaire scheint einen Rückzieher gemacht zu haben, aber was, wenn sich diese Sache mit einer anderen Person wiederholt? Bei der Nachricht vorhin wäre mir vor Angst beinahe das Herz stehengeblieben. Vielleicht könnte ich derartige Sachen in Zukunft vermeiden, indem ich …"

„Du willst der Welt dein Geheimnis verraten, das ist es doch, oder?", unterbrach Octocat mich, der nach wie vor auf meinen Knien lag. „Solange sich mein Leben dadurch nicht verändert, habe ich nichts dagegen."

„Mir gefällt es, dass du mit uns reden kannst",

meldete sich Charlene mit ihrer niedlichen Quietschstimme zu Wort.

„Und uns ist völlig egal, was du tust", erklärte Jillianne stellvertretend für sich und ihren Bruder. „Solange du uns außen vor lässt und dafür sorgst, dass *unser* Mensch nicht zu Schaden kommt."

Tja ... Die zwei Nackedeis und ich würden wahrscheinlich immer ein eher laues Verhältnis zueinander haben. Aber auch zwischen Octocat und Charles – oder Kotzbrocken, wie er ihn ja zu nennen pflegte – würde es nie die große Liebe werden. Was Charlene anbelangte, lag die Sache anders, da wir sie gemeinsam adoptiert hatten. Die anderen jedoch waren einfach zu sehr auf ihren ursprünglichen Besitzer fixiert. Das war eben ihre Natur und darüber konnte ich mich wohl kaum beschweren.

„Meint ihr, ich sollte mich selbst outen? Einfach, um die Kontrolle über die Dinge zu behalten?" Ich ließ den Blick von einem zu anderen wandern, in der Hoffnung, herauszufinden, ob sie die Idee brillant oder verrückt fanden, doch ihre Mienen verrieten nichts.

Jacques ergriff als Erster das Wort. „Noch einmal: Uns ist das völlig einerlei, solange all unsere Auflagen erfüllt werden. Könntest du jetzt bitte endlich den Film wieder einschalten?"

Ich seufzte und drückte auf der Fernbedienung auf *Play*, woraufhin der feige Löwe auf den Bildschirm zurückkehrte und singend seinen Tanz fortsetzte.

„Angela", sagte Octocat plötzlich und scharrte mit seiner Pfote über meinen Oberschenkel. „Könnte ich dich kurz in der Küche sprechen? *Allein.*"

Oha. Was das wohl bedeuten mochte? Womöglich hatte ich ihn unbewusst verärgert, weil ich zu sehr auf meine eigenen Probleme konzentriert war oder ...

„Tut mir leid, aber vor den anderen musste ich einfach auf cool machen. Du weißt ja, dass ich einen Ruf zu verlieren habe", flüsterte er mir zu, sobald wir unter uns waren, und hüpfte auf den Tresen. „Aber ich finde, du solltest das tun, was dir dein Herz rät. In letzter Zeit warst du alles andere als zufrieden und ausgeglichen, und das gefällt mir überhaupt nicht. Werde wieder die Angela, die sich nicht ständig Sorgen macht."

Ich beugte mich vor, um ihn zwischen den Ohren zu kraulen. „Aber was könnte passieren, wenn ich damit an die Öffentlichkeit gehe?"

„Diejenigen, auf die es ankommt, werden für dich da sein, so wie sie es immer waren. Alle anderen können dir den Buckel herunterrutschen."

Ich starrte ihn an. „Hast du etwa herausgefunden,

wie man die Kindersicherung auf deinem iPad deaktiviert?"

„Und wenn schon ... Darum geht es hier nicht. Der Punkt ist doch, dass Menschen im Vergleich zu uns Katzen ein sehr eingeschränktes und kompliziertes Leben führen. Wir haben keine Geheimnisse und machen uns auch keine Gedanken darüber, was andere von etwas halten könnten. Wir sind einfach, wer wir sind, und das macht uns zu den besseren Lebewesen auf diesem Planeten."

Ich biss mir auf die Lippe, um mir die Bemerkung zu verkneifen, dass auch er Jacques und Jillianne gegenüber Gleichgültigkeit vorgetäuscht hatte und seine wahren Gefühle erst jetzt offenbarte, wo er mit mir allein war. Dennoch ergab ein Großteil dessen, was er sagte, Sinn. Fast drei Jahre lang hatte ich mein Geheimnis gehütet, und es war nicht leicht gewesen. Wie viel anders würde mein Leben verlaufen, wenn ich aufhören könnte, mir diesbezüglich Sorgen zu machen? Wenn alle über meine Gabe Bescheid wüssten? Dann wäre es an ihnen, zu entscheiden, wie sie darüber dachten. Die Last würde vollständig von meinen Schultern genommen werden. Ich könnte endlich zur Ruhe kommen.

„Nun ...?", hakte Octocat nach, leicht irritiert, weil ich auf seine ungewöhnlich herzlichen Worte noch immer nicht geantwortet hatte. „Wirst du es tun?"

„Weißt du was? Ich werde die ganze Sache nochmals überschlafen." Lächelnd strich ich ihm über sein gestreiftes Fell. „Aber danke für das, was du mir gesagt hast. Es bedeutet mir so viel, zu wissen, dass du immer nur das Beste für mich willst."

„Du bist immerhin mein Mensch, und ich liebe dich." Er stieß ein grollendes Schnurren aus, verstummte dann jedoch abrupt. „Allerdings sollte dein Glück niemals auf Kosten meines eigenen gehen. Solange du das verstanden hast, wird alles gut."

Ich lachte leise auf. „Du bist so ein Lieber. Das wird es bestimmt."

Die Frage war nur, *ob es das nach meinem Entschluss tatsächlich sein würde.*

Morgen früh würde ich eine Entscheidung treffen.

12

Wie angekündigt, schlief ich erst einmal eine Nacht darüber, aber am nächsten Morgen hatte ich entschieden, was ich tun musste. Um meiner selbst willen – eigentlich um unser aller willen – würde ich der Welt von meiner seltsamen Fähigkeit erzählen.

An diesem Tag stand ich früh auf, um noch ein wenig Zeit mit Charles verbringen zu können, bevor er zur Arbeit ging, und er versprach mir, mich bei allem, was auch kommen würde, zu unterstützen. Das erinnerte mich einmal mehr an unser Ehegelübde –in guten wie in schlechten Zeiten.

Dann rief ich nacheinander sämtliche Leute an, die bereits Bescheid wussten oder denen ich mich persönlich anvertraut hatte. Großmutters Internetfreunde brauchten keine Vorwarnung über das, was auf sie zukam, meine Familie hingegen schon.

„Wie willst du es anstellen?", fragte Mags, als ich ihr die Neuigkeit mitteilte.

So sehr dieser Plan mir auch im Kopf herumging, hatte ich noch nicht alle Einzelheiten ausgearbeitet. Das war ein weiterer Grund für die Telefonate mit all denen, die bereits eingeweiht waren ... Ich brauchte ihren Rat. „Ursprünglich hatte ich überlegt, einen Text zu verfassen, aber eigentlich würde ich lieber zu allen sprechen."

„Nein, ich meine, *wie* genau soll es ablaufen?" Ihre blassblauen Augen waren vor Neugier weit aufgerissen. „Willst du ein Video auf deiner Seite posten, die Reality-TV-Crew herbeordern, die deine Hochzeit gefilmt hat? Oh, ich könnte dich für meinen YouTube-Kanal interviewen. Die Kerzenmacherfans kennen und lieben dich bereits. Sicher würden sie dich nach Kräften unterstützen."

Ich überlegte kurz. „Ich weiß nicht, ob ich mich vor deinen Millionen von Fans outen möchte, insbesondere, wenn sie dir alle nur wegen deiner coolen Kerzenvideos folgen", gab ich zu. „Da kann ich mit meiner Story nicht mithalten. Auf der anderen Seite habe ich lediglich zehn Follower. Wenn ich die

Geschichte also bei mir einstelle, wird niemand sie mitbekommen."

„Also, dann doch lieber die Reality-Show-Typen?", schlug meine Cousine mit einem Gesichtsausdruck vor, der mir genau sagte, was sie von dieser Idee hielt.

Ich schüttelte vehement den Kopf. „Nein. Die haben sich Sharon gegenüber so unfair verhalten, das möchte ich ihr nicht antun."

„Wie denn dann?", hakte Mags nochmals nach.

Das wüsste ich auch nur zu gerne. „Ich werde nochmals darüber nachdenken und melde mich wieder, wenn ich mich entschieden habe", versprach ich.

„Alles klar, Frau Kommissar." Ein superbreites Grinsen machte sich auf ihrem Gesicht breit. „Das ist ein neuer Slogan, der mir so eingefallen ist. Was hältst du von ihm?"

Ich erwiderte ihr Lächeln, allerdings mit einem schelmischen Glitzern in den Augen. „Jedem das Seine."

„Autsch! Das war deutlich. Ich liebe dich, Cousinchen."

„Ich dich auch. Halt die Ohren steif."

Als Nächstes wählte ich Oma Lyns Nummer. Zwar

hatte ich für mich selbst schon längst entschieden, dass ich die Wahrheit preisgeben musste, aber das Gespräch mit all den Menschen, die mir so nahe standen, würde mir die Zuversicht geben, die ich brauchte, dass dies der richtige nächste Schritt in meinem Leben sein würde.

„Ich bin stolz auf dich, Angie", lobte Oma Lyn mich, nachdem ich auch ihr von meinem Vorsatz erzählt hatte. „Sich selbst treu zu bleiben, obwohl man nicht weiß, wie die Welt auf diese Eröffnung reagieren wird, ist sehr mutig. Versprich mir nur eines."

„Klar, was?"

Da sie kein FaceTime benutzte und ich somit ihr Gesicht nicht sehen konnte, hatte ich keinen visuellen Anhaltspunkt für das, was möglicherweise in ihrem Kopf vorging. „Suche dir jemanden, mit dem du reden kannst. Jemand, der direkt verfügbar und jederzeit für dich da ist, egal was auch passiert."

„Aber ich habe schon so viele Menschen, denen ich mich anvertrauen kann", argumentierte ich vorsichtig. „Du bist einer davon."

Diese Aussage entlockte ihr ein Kichern. „Klar, ich bin immer für dich da, aber ich meinte eher so etwas wie einen Profi."

„Willst du damit andeuten, ich wäre verrückt?", neckte ich sie, aber das kam bei ihr wohl anders an, denn sie seufzte tief auf. „Ich wünschte, ich hätte mich schon früher in eine Therapie begeben. Niemand sollte sich scheuen, so etwas in Anspruch zu nehmen. Und du mit deinem außergewöhnlichen Leben gleich zweimal nicht."

Ich versprach ihr, mich nach jemandem umzuschauen, der mich diesbezüglich unterstützen könnte, und rief anschließend Grandma an. Vor nicht allzu langer Zeit wäre sie noch die Erste gewesen, die von meinen Plänen erfahren hätte, aber die räumliche Distanz zwischen uns machte alles inzwischen etwas schwieriger.

Als ich ihr von meinem Vorhaben erzählte, war sie jedoch wie immer unglaublich hilfsbereit. Wie konnte ich nur je an ihr zweifeln?

„Ich denke, das ist die richtige Entscheidung, Angie. Wenn du ebenfalls dieser Meinung bist, dann zieh es durch", sagte sie liebevoll.

„Das werde ich auch", versicherte ich ihr. „Nur habe ich noch keine Ahnung, wie ich meine große Enthüllung vorbringen soll."

„Natürlich in der Nachrichtensendung deiner Eltern, wo sonst."

Aber klar!

Meine Eltern waren Co-Moderatoren einer lokalen Fernsehsendung, die hier in Blueberry Bay aufgezeichnet und ausgestrahlt wurde, aber selbst Gemeinden bis hinauf nach Massachusetts erreichte. Es wäre die perfekte Plattform für mein Outing.

Ich weinte beinahe vor Erleichterung. „Grandma, du bist ein Genie."

Sie schnalzte mit der Zunge. „Das wussten wir beide doch schon immer, oder, Liebes?"

* * *

„Heute haben wir eine ganz besondere Geschichte für unsere Zuschauer", verkündete mein Vater und blätterte durch die Papiere auf dem Tisch vor ihm.

An seiner Seite saß meine Mutter, perfekt gestylt und geschminkt wie immer, und starrte mit einem charismatischen Lächeln in den Teleprompter. „So ist es, Roman. Unser heutiger Gast im Studio ist jemand ganz Spezielles und niemand Geringeres als unsere Tochter, Angie Longfellow."

Die Kameras schwenkten in meine Richtung, und ich räusperte mich. Großmutter wollte mich in ein glitzerndes Outfit im Flapperstil stecken, aber ich hatte auf mein knielanges, getupftes Lieblingskleid bestanden. Sicher, darin sah ich ein wenig aus wie Minnie Mouse, aber es verlieh mir das nötige Selbstvertrauen, ich selbst zu sein, mit all meinen Macken, Ecken und Kanten.

„Hallo Mom, hallo Dad", antwortete ich mit einem breiten, lange einstudierten Grinsen. Das war der Rat meiner Eltern gewesen, bevor wir mit dem Beitrag starteten – *egal, was auch passiert, keep smiling.* Also tat ich, wie mir geheißen und verzog den Mund so weit, dass meine Wangen bereits jetzt schmerzten. Und diesen Zustand versuchte ich auch beizubehalten, als ich zu sprechen begann, was dazu führte, dass meine Worte etwas unverständlich klangen. „Ich freue mich, hier sein zu dürfen."

„Angie, erzähl den Zuschauern doch bitte etwas über den Grund deiner heutigen Anwesenheit", sagte mein Vater, übrigens wesentlich deutlicher als ich, und warf einen schnellen Blick auf das Textband, bevor er fortfuhr: „Du hast uns etwas mitzuteilen, ist das richtig?"

Ich nickte und bemühte mich, den Angstknoten, der sich in meiner Kehle gebildet hatte, hinunterzuschlucken. Natürlich wollte ich der Öffentlichkeit die Wahrheit über mich erzählen, dennoch war ich mega nervös.

Anscheinend hatte ich nicht schnell genug reagiert, da nun meine Mutter das Wort ergriff. „Und wie ich hörte, hast du uns auch jemanden mitgebracht?“

Das war das Stichwort, das es brauchte, um mich von meinen mentalen Fesseln zu befreien. „Ja!“, brüllte ich praktisch und vergaß für einen Moment zu lächeln. Dann griff ich unter den Tisch der Moderatoren und zog eine Transportbox hervor. Ich stellte sie vor mich hin, öffnete die Metalltür, und Octocat kam herausgeschlendert.

„Ja hallo, was bist du denn für ein Hübscher“, sagte Mom, obwohl sie ihn schon gefühlt eine Million Male gesehen hatte. „Wie heißt du denn, mein Kleiner?“

„Octavius Maxwell Ricardo Edmund Frederick Fulton Russo Longfellow“, stellte sich mein Kater mit seinem üblichen übertriebenen Gehabe vor.

Ich wiederholte den Namen für die Zuschauer zu Hause. „Sie können ihn natürlich nicht verstehen, ich hingegen schon. Mein Name ist Angie Longfellow, und ich kann mit Tieren sprechen.“

Eine Weile herrschte Schweigen, bevor ich hinzufügte: „Ich sollte Ihnen vielleicht erzählen, wie es dazu kam. Vor fast drei Jahren arbeitete ich in der Anwaltskanzlei Longfellow and Associates, die damals noch Fulton, Thompson and Associates hieß. Tja, und dann war da diese Kaffeemaschine ...“

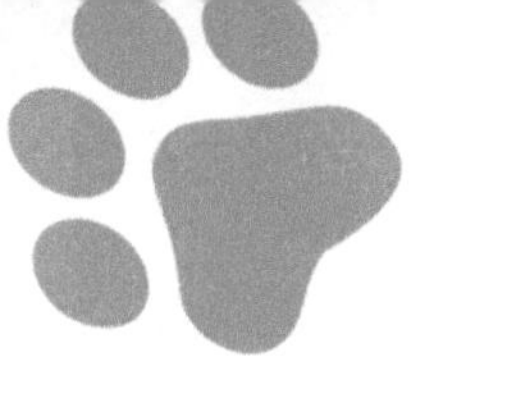

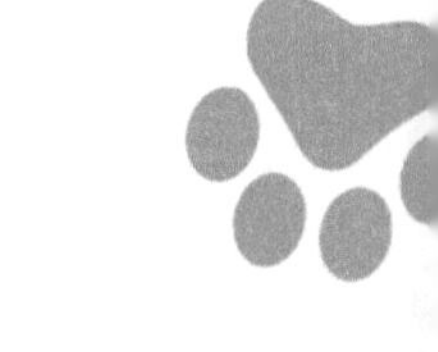

13

„Wie habe ich mich geschlagen?", fragte ich gespannt, nachdem wir den Beitrag aufgezeichnet hatten. Mom und Dad waren mittlerweile wieder live auf Sendung. Oma Lyn hatte mir zu verstehen gegeben, dass meine Enthüllung bei ihr zu viele schmerzhafte Erinnerungen wachrufen würde und sie deshalb nicht persönlich dabei sein könnte. Immerhin versprach sie, mir aus der Ferne die Daumen zu halten. Charles, Grant und Grandma hingegen hatten sich den Tag freigehalten und waren zu meiner Unterstützung mitgekommen. Alle hoben begeistert die Daumen, als ich mich hinter der Bühne wieder zu ihnen gesellte.

„Eigentlich war ich doch die Hauptattraktion"

krähte Octocat, den ich in meinen Armen hielt, nachdem er sich geweigert hatte, zurück in seine Box zu steigen. „Ich meine, sieh mich doch nur mal an. Wer würde sich nicht mit mir unterhalten wollen?"

Lachend schüttelte ich den Kopf und erzählte den anderen, was er gerade wieder vom Stapel gelassen hatte ... Das erste Mal in der Öffentlichkeit und vor fremden Menschen.

Das hatte ich bisher tunlichst vermieden, und es war ein tolles Gefühl, es jetzt tun zu dürfen.

„Wie wäre es, wenn wir nach Hause gehen, und ich mache uns ein paar Pfannkuchen?", schlug Großmutter vor, die allerdings erst laut in die Hände klatschen musste, um sich Gehör zu verschaffen. Alle waren von dieser Idee angetan, und so machten wir uns zu viert auf den Weg zurück zu dem alten Herrenhaus, um diesen Tag gebührend zu feiern.

Tja, ich schätze, das war es dann.

Erledigt.

Irgendwie hatte ich erwartet, dass ich mich anders fühlen würde, besser – aber ehrlich gesagt war dem nicht so. Und wer wusste denn schon, wie viele Leute meinem kurzen, fünfminütigen Beitrag überhaupt Beachtung schenken würden ... und wie viele von denen mir tatsächlich glaubten?

Manche könnten mich für eine Komikerin halten,

andere wiederum für eine Betrügerin, die nur aufs Geld aus war. Egal, sie würden die Wahrheit über meine Fähigkeiten erfahren, ob sie sie nun hören wollten oder nicht.

„Dieser Beitrag ist doch gleichzeitig eine wunderbare Werbung für deine Detektei", sagte Grandma ein wenig später, als wir alle mit einem großen Stapel Pfannkuchen vor uns zusammensaßen. „Du könntest auf deiner Website noch den Slogan *Wie auf Kanal 7 gesendet* einfügen."

„Eigentlich habe ich gar keine Business-Website mehr", gab ich zu. Nachdem ich schon vor Monaten aufgehört hatte, die empfohlenen Updates durchzuführen, war sie mir vor ein paar Wochen nach einem neuerlichen Versuch, mich einzuloggen, komplett abgestürzt.

Sie tat meine Aussage mit einem Achselzucken ab. „Dann eben auf deiner privaten Seite."

„Glaubst du allen Ernstes, dass mich nach alledem, was ich preisgegeben habe, noch jemand anheuern wird?", fragte ich ungläubig.

„Also ich kann dich wärmstens weiterempfehlen. Damals auf dem Weihnachtsmarkt warst du mir eine große Hilfe", sagte Grant und schnappte sich eine der dampfenden Köstlichkeiten.

„Das wäre gar keine schlechte Idee", griff Charles

den Faden auf und spann ihn weiter. „Du solltest dir von so vielen ehemaligen Kunden wie möglich Referenzen einholen."

„Da gibt es leider nur ein Problem. Niemand war ein wirklich echter, zahlender Kunde, außer der ehemalige Bürgermeister, und dass er mich positiv beurteilt, wage ich zu bezweifeln." Alle Augen richteten sich auf mich, und mir stieg die Hitze in die Wangen.

„Dennoch gibt es immer noch genügend Leute, denen du geholfen hast, und ich bin überzeugt, dass so ziemlich jeder von ihnen nur Gutes über dich zu sagen hätte", mischte Großmutter sich erneut ein.

„Über all diese Sachen habe ich bisher noch gar nicht nachgedacht, sollte es aber vielleicht mal tun." Ich schob mir einen großen Bissen meines Pfannkuchens in den Mund und kaute, bevor ich fortfuhr: „Denn jetzt ist mein Geheimnis raus, und es gibt kein Zurück mehr."

„Und wie fühlst du dich?", fragt Charles.

„Genau wie zuvor", gab ich zu, nachdem ich den köstlichen, zuckrigen, buttrigen Brei heruntergeschluckt hatte.

Großmutter griff über den Tisch nach dem Sirup. „Na ja, du hast dich ja auch nicht verändert, Liebes. Ich bin sehr stolz auf dich."

Charles schob seinen Stuhl so nah an meinen heran, dass sich unsere Hüften berührten. „Ich ebenso, Schatz", versicherte er mir.

„Und ich bin ein stolzer Stiefgroßvater", fügte Grant grinsend hinzu.

Plötzlich meldete sich das Telefon in meiner Tasche. „Oh", rief ich und legte Gabel und Messer zur Seite, um es herauszuziehen. „Ich habe eine neue Nachricht auf meiner Seite."

Grants buschige Augenbrauen schossen in die Höhe. „Schon? Das ging aber flott."

„Mich überrascht das nicht im Geringsten", erklärte Grandma triumphierend.

Da ich von meinen größten Fans umgeben war, beschloss ich, die Nachricht lauf vorzulesen. „Ich habe dich in den Nachrichten gesehen. Du bist sehr hübsch." Ich stockte kurz, nicht sicher, ob ich fortfahren sollte, denn das, was da stand, gefiel mir ganz und gar nicht. „Ich wäre gerne dein ..." An dieser Stelle brach ich endgültig ab.

„Dein was, Angie?", drängte Charles.

Meine Wangen brannten vor Verlegenheit. „Dein Sugar Daddy", flüsterte ich und drückte sofort die entsprechende Taste, um den Schreiber zu blockieren.

„Was ist ein Sugar Daddy?", ertönte prompt Charlenes Stimme unter dem Tisch.

„Das ist ein Mann, der leckere Kekse für seine Familie backt", antwortete Octocat voller Überzeugung.

Gott steh mir bei!

Und schon kündigte sich die nächste Nachricht an. Dieses Mal las ich sie erst selbst und überlegte, ob ich sie mit den anderen teilen sollte. *Sie sind doch diejenige, die mit Tieren sprechen kann, nicht wahr? Könnten Sie meinen Hund dazu bringen, aufzuhören, seine eigene Kacke zu fressen?*

Äh, das ist eigentlich nicht das, was ich normalerweise tue, tippte ich zurück. *Probieren Sie es doch besser einmal bei einem Hundetrainer.*

„Ist alles in Ordnung?", fragte mein Mann und verrenkte sich den Hals, um einen Blick auf mein Display zu erhaschen.

Ich reichte ihm mein Handy und seufzte.

„Nun, es ist doch ganz normal, dass eine derartige Enthüllung auch ein paar Verrückte anlockt", meinte er und gab mir das Telefon zurück. „Der Punkt ist, dass du jetzt Aufmerksamkeit erregst, und irgendwann werden dich die richtigen Leute finden."

* * *

Normalerweise hatte Charles mit fast allem recht, aber dieses Mal lag er sehr, sehr falsch.

Immer mehr Anfragen trudelten ein, die so gar nichts mit meinem eigentlichen Geschäft oder meiner Fähigkeit zu tun hatten. Das Schlimmste waren die Nachrichten mit Fotoanhängen, die – ähm – ziemlich unangemessen und völlig unerwünscht waren.

So sehr ich es auch verabscheute, wenn man auf mir herumhackte, konnte ich doch damit umgehen. Ein absolutes No-Go jedoch war, wie viele Leute nun auch Charles in der Kanzlei belästigten. Jeden Tag tauchten neue Fremde in seinem Büro auf, in der Hoffnung, mehr über mich herauszufinden oder zumindest einen Blick auf die magische Kaffeemaschine zu erhaschen, die mir meine außergewöhnlichen Kräfte verliehen hatte.

Nicht wenige buchten sogar einen Termin bei ihm, nur um sich persönlich einen Eindruck von dem Ort zu verschaffen, wo all das passiert war.

Das Resultat war, dass er noch beschäftigter war als je zuvor. Und auch wenn er sich bemühte, gute Miene zum bösen Spiel zu machen, merkte ich ihm an, wie sehr ihn diese ganze negative Publicity nervte.

Und das waren nur die Verrückten.

Bald danach tauchten die Rüpel auf, und – Junge – die haben es uns erst gegeben. Innerhalb kürzester Zeit avancierte mein Mann vom angesehensten Anwalt der ganzen Region zum Ehegatten dieser Verrückten, die glaubte, sie könne mit Tieren sprechen.

Denn die Wahrheit war, dass mir trotz dieser herzlichen Präsentation in der Nachrichtensendung meiner Eltern nur sehr wenige Leute glaubten.

Irgendwann machte sogar ein Meme von meinem Interview die Runde und ich war fast an einem Punkt angelangt, dass ich Blaire/Charm kontaktiert hätte und auf ihr ursprüngliches Angebot eingegangen wäre. Der einzige Grund, warum ich diesem Drang widerstand, war, dass mir mittlerweile völlig klar geworden war, dass sich mit dieser bahnbrechenden Nachricht kein Geld verdienen ließ – am allerwenigsten für mich.

Trotzdem scrollte ich jeden Tag pflichtbewusst durch meinen Posteingang und betete, dass sich unter den Dutzenden von Anfragen wenigstens eine ernstgemeinte befinden möge.

Können Sie mir helfen, zu meinem toten Meerschweinchen Kontakt aufzunehmen? fragte beispielsweise eine Frau. Inzwischen hatte ich eine Reihe von Standardantworten verfasst, die ich, je nach Thema, rausschickte. In diesem speziellen Fall entschied ich mich für die folgende: *Pet Whisperer P.I. bietet die von Ihnen geforderte Dienstleistung leider nicht an, aber wir wünschen Ihnen alles Gute!*

In der nächsten Mitteilung beschuldigte man mich, ich sei eine Gefahr für mich selbst und die Gesellschaft und gehöre in die psychiatrische Anstalt. Das war bereits die fünfte in dieser Woche. *Reizend.*

Weiter unten teilte mir eine örtliche Rettungsorganisation mit, dass sie Octavius gerne in einen stabileren Haushalt vermitteln würden, während ich mich mit meinen eigenen Problemen auseinandersetzte.

Die waren doch tatsächlich der Meinung, dass die verwöhnteste Katze der Welt gerettet oder zumindest aus meiner Obhut genommen werden müsste.

Und das war der Tropfen, der das Fass zum Überlaufen brachte!

Ich konnte diese ganze Negativität nicht mehr ertragen. Was immer ich mir von der Offenbarung meiner Fähigkeiten erwartet hatte ... das mit Sicherheit nicht.

In einem Anfall von Wut löschte ich meine komplette Social-Media-Präsenz und knallte meinen Laptop zu.

So, jetzt konnte sich niemand mehr über mich lustig machen oder mir auf die Nerven gehen. Wie konnte ich mich nur jemals über Langeweile beschweren?

Das, was jetzt geschah, war so viel schlimmer.

Wieder einmal hatte ich versagt – und dieses Mal tat es mehr weh denn je.

14

Mein Kopf ruhte in Großmutters Schoss, während ich mir die Augen aus dem Kopf heulte.

„Na, na", sagte sie liebevoll und streichelte mir beruhigend übers Haar.

Ich drehte mich ein wenig und hob mein nasses Gesicht. „Warum passiert immer mir so etwas?" Seit meinem großen Outing waren fast zwei Wochen vergangen, was in der Konsequenz dazu führte, dass ich meine Social-Media-Seite gelöscht hatte und untergetaucht war.

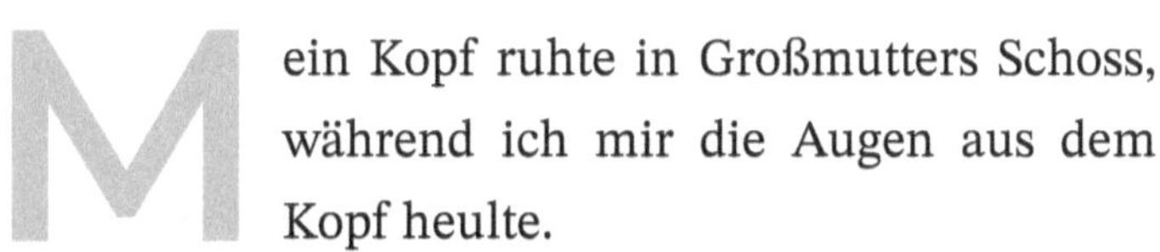

Charles wollte sich eigentlich beurlauben lassen, um an meiner Seite sein zu können, aber Grandma hatte ihm versichert, dass sie dieser Aufgabe gewachsen war. Vorsichtig wischte sie mir die Tränen ab. „Die ganze Welt ist eine Bühne, und sie haben gerade erst erkannt, dass du ein Star bist", erklärte sie mir weise.

„Ich fühle mich aber nicht wie ein Star", erwiderte ich schniefend, „sondern wie ein Monster, das von der Meute mit gespitzten Mistgabeln und brennenden Fackeln gejagt wird."

„Du hast keine Angst, anders und du selbst zu sein. Dadurch fühlen sich viele Menschen wahrscheinlich bedroht."

Ich setzte mich auf und fuhr mir mit dem Handrücken über die Augen. „Damit liegst du völlig falsch. Ich habe sogar eine Heidenangst."

„Mit der Zeit wird es leichter werden", versicherte Grandma mir und erhob sich. „Lass mich kurz Wasser aufsetzen."

Normalerweise folgte ich ihr in die Küche, während sie Tee zubereitete, aber heute hatte ich einfach nicht die Kraft dafür. Paisley trottete ihr hinterher, um ihr Gesellschaft zu leisten, und somit war ich wieder allein.

Der kleine Chihuahua hatte sich nach Kräften bemüht, mich aufzuheitern, aber meine ständige Niedergeschlagenheit schien sie zu entmutigen. Das konnte ich ihr nicht verdenken. Mein emotionales Level hatte einen nie gekannten Tiefpunkt erreicht, und jeder neue Tag fühlte sich schwerer und unüberwindbarer an. Würde ich je wieder zu mir selbst finden? So allmählich begann ich, ernsthaft daran zu zweifeln.

Ein Klopfen am Fenster hinter mir erregte meine Aufmerksamkeit. Als ich mich umdrehte, blickte ich in ein vertrautes, maskiertes Fellgesicht.

Ich gab Pringle ein Zeichen, sich zur Haustür zu begeben und machte mich ebenfalls auf den Weg dorthin. Im Laufen schnappte ich mir schnell noch ein Taschentuch aus der Box auf dem kleinen Beistelltisch.

Der Waschbär stand auf den Hinterbeinen, wobei er seinen Schwanz in den Pfoten hielt und nervös darüberstrich. „Bitte entschuldige, dass ich dich zu Hause störe“, sagte er mit ehrfürchtig gesenktem Kopf.

Ich schenkte ihm ein kleines Lächeln und bat ihn herein. „Du störst überhaupt nicht. Komm rein.“

Mein Müllpanda schüttelte den Kopf. „Nein, ich darf die Villa doch nicht betreten.“

„Es sei denn, du bist eingeladen. Erinnerst du dich an diese neue Regel?“

Pringle blickte verlegen auf, und ich nickte ihm aufmunternd zu. Zu mehr fehlte mir im Moment die Kraft. Er holte tief Luft und setzte vorsichtig einen

Fuß über die Schwelle, wobei er sich nach wie vor an seinem geringelten Schwanz festhielt wie an einem Schutzschild. Dann stieß er den angehaltenen Atem aus und zog den anderen Fuß nach.

Als er mich mit glänzenden schwarzen Augen ansah, nickte ich erneut und deutete in Richtung Wohnzimmer. „Komm mit. Grandma und ich wollten gerade einen Tee trinken."

„Wer ist da, Liebes?", ertönte Großmutters extra fröhliche Stimme aus der Küche. Offensichtlich war sie bemüht, meine Melancholie zu vertreiben.

„Es ist Pringle", rief ich zurück. „Könntest du noch ein paar Snacks mitbringen, damit er gemeinsam mit uns etwas essen kann?"

Dessen Augen wurden riesengroß, und wieder griff er nach seinem Schwanz. „Echt jetzt?"

„Echt jetzt. Also, dann erzähl mal, was du auf dem Herzen hast." Ich klopfte neben mich auf die Couch, und dieses Mal zögerte er nur Sekunden, bevor er meiner Aufforderung nachkam. „Ich wollte einfach mal nach dir sehen, weil ich mir Sorgen gemacht habe. Du bist gestern und vorgestern nicht zum Lesen rübergekommen, und ich musste einfach sicherstellen, dass es dir gut geht."

Mir schwoll das Herz in der Brust. Genau das, wofür ich verspottet wurde, war auch mein ganzes

Glück, hatte es mir doch so nette und fürsorgliche Freunde wie ihn beschert.

„Es tut mir so leid. Ich verspreche hiermit hoch und heilig, dass wir Merlins Abenteuer bald beenden werden, okay?"

Er schüttelte den Kopf und faltete die Hände in seinen Schoß. „So habe ich das nicht gemeint. Du verpasst unsere Lesestunde nun mal sonst nie, und das hat mich stutzig gemacht."

„Es geht mir gut, Pringle, ganz ehrlich." Ich hielt seinem Blick stand und forderte ihn mehr oder weniger auf, weiter zu fragen.

„Entschuldige bitte, dass ich so offen bin, aber du siehst nicht wirklich gut aus."

Der Versuch eines Lächelns ging in einer erneuten Tränenwelle unter. „Du magst doch Geheimnisse so sehr, oder? Und schaust dir im Reality-TV unheimlich gerne Leute an, die verrückte Dinge tun, stimmt's?"

Er nickte zustimmend.

Ich weiß gar nicht, warum ich Pringle das nicht alles schon längst erzählt hatte. Eine unserer früheren Lesestunden hätte sich dafür angeboten. Dann jedoch verpasste ich Pet Whisperer P.I. offiziell den Gnadenstoß und war danach zu deprimiert gewesen, um das Haus zu verlassen. Nicht einmal in den Garten hatte ich es geschafft. Eigentlich wollte ich unsere kleine Welt voller magischer Katzen, in der immer die Guten siegten, nicht auch noch verlieren. Sie bot mir eine der letzten Fluchtmöglichkeiten aus der tristen Realität.

Da sich der Waschbär so liebevoll nach meinem Befinden erkundigte, beschloss ich, auch ihm endlich die Wahrheit zu sagen. „Nun, ich bin ins Fernsehen gegangen und habe allen mein Geheimnis verraten, und die Reaktion darauf war – lass es mich so ausdrücken – nicht unbedingt positiv."

Er schnappte hörbar nach Luft. „Schlechte Einschaltquoten?"

Ich nickte unmerklich. „So was in der Art."

„Es tut mir so leid, dass den Leuten dein Geheimnis nicht gefallen hat. Welches war es denn, das du ihnen verraten hast?"

„Was meinst du mit *welches*? Es gibt nur eines."

„Hast du den Zuschauern gebeichtet, dass du mit Tieren sprechen kannst, oder hast du ihnen von dem Baby erzählt?"

„Von was bitte?", schrie ich auf, und er machte erschrocken einen Satz rückwärts.

„Pringle, ich bin doch nicht ..." Ich wusste nicht, wie ich diesen Satz beenden sollte. Wie kam er nur auf diese unglaubliche Idee? Hatte ich dermaßen an Gewicht zugelegt?

Natürlich wählte Octocat genau diesen Moment, um aus seinem Nickerchen zu erwachen, und gesellte sich zu uns. „Was bist du nicht?", fragte er misstrauisch, und seine Schnurrhaare zuckten.

Ich konnte das Wort kaum sprechen. Charles und ich hatten nicht direkt versucht, ein Baby zu bekommen, aber auch nichts dagegen unternommen. „Schwanger", presste ich erstickt hervor.

Mein Kater wirkte beinahe gelangweilt. „Ach so das? Nein, ja, natürlich bist du schwanger."

„Was?!", brüllte ich. „Du wusstest es die ganze Zeit und hast es mir nicht gesagt?"

Er gähnte, als ob ihn diese Unterhaltung nicht weiter interessieren würde. „Ich dachte, du wolltest einfach den passenden Moment abwarten, um es im großen Rahmen zu verkünden. Mir war nicht klar, dass du selbst keine Ahnung hattest."

„Darf ich?", fragte Pringle, bevor er mir vorsichtig eine Hand auf den Bauch legte.

Just in diesem Moment kam Großmutter mit dem Tee und einem Tablett mit verschiedenen Snacks aus der Speisekammer zurück ins Wohnzimmer. Paisley sprang neben ihr her, und beim Anblick des Waschbären knurrte sie so tief, dass sich sämtliches Fell auf ihrem Rücken aufstellte. Er war eben nicht immer nett zu ihr gewesen, und auch, wenn sie ihm seine vergangenen Streiche verziehen hatte ... vergessen konnte sie die nicht. Die Kleine wog kaum mehr als zwei Kilogramm und musste stets wachsam bleiben, um sicher zu sein.

„Habe ich etwas verpasst?", fragte Grandma und starrte Pringle irritiert an. Ich glaube, sie hatte noch nie erlebt, dass ich ihn freiwillig ins Haus ließ, und so war sie von seinem Anblick auf der Couch ziemlich überrascht.

„Nein, nichts", rief ich etwas zu laut, und fügte dann mit leiserer Stimme hinzu: „Zumindest nichts Wichtiges."

Zum Glück bohrte sie nicht weiter nach. Ich wollte ihre keine Hoffnungen machen, solange ich keinen handfesten Beweis dafür hatte.

Es kostete mich meine letzte verbliebene Kraft, um mich so normal wie möglich zu verhalten, während wir unseren Tee tranken und die Snacks aßen. Zumindest waren meine Tränen versiegt. Das Problem mit dem verlorenen Ruf war in den Hintergrund getreten. Dafür hatte ich jetzt ein neues, dessen ich mich annehmen musste ... Nein, Problem war das falsche Wort dafür. Eine gravierende Veränderung, und die fühlte sich noch gewaltiger an als die

Enthüllung meiner verborgenen Fähigkeit oder meine Geschäftsaufgabe.

War ich überhaupt schon bereit dafür, Mutter zu werden?

Diese Frage konnte ich getrost noch einige Monate zurückstellen, aber was dann? Wenn es soweit war ... Wie würde ich die ganze Arbeit schaffen, die ein Neugeborenes mit sich brachte, während mein Ehemann praktisch eine Hundert-Stunden-Woche in der Kanzlei hatte? Und würde es bei einem Kind bleiben? Oder würden weitere folgen, bis mein Leben aus nichts anderem mehr bestand als dem Mamadasein? Was natürlich auch keine schlechte Sache wäre, aber eben komplett anders.

Und auch sehr, sehr beängstigend.

15

Nachdem Großmutter und Paisley gegen Abend nach Hause zurückgekehrt waren, schlüpfte ich in meine Flip-Flops und machte mich auf den Weg zur nächsten Drogerie.

Um einen Schwangerschaftstest zu kaufen.

Für mich.

Das Herz schlug mir bis zum Hals und drohte, mir die Luft abzuschnüren. Charles und ich hatten beschlossen, unsere Familienplanung dem Schicksal zu überlassen. Das war uns bei der ursprünglichen Diskussion nicht als eine so große Sache erschienen.

Was aber jetzt, wo ich arbeitslos war? Dazu noch meilenweit davon entfernt, einen Haushalt führen zu können, eher sogar kurz davor, alles hinzuschmeißen. Und ohne Job durfte ich wohl kaum Forderungen stellen, wie beispielsweise eine Hilfe zu engagieren. Abgesehen davon, dass ich mich dadurch in meinem eh schon katastrophal verlaufenden Leben noch nutzloser fühlen würde, konnte ich mich ja schlecht damit rechtfertigen, dass ich als Vollzeit-Katzenmama einfach zu viel um die Ohren hatte. Sogar meine Samtpfoten beschäftigten sich mittlerweile mehr mit sich selbst als mit mir.

Wo also blieb ich, und was wollte ich eigentlich? Ein Kind, gerade jetzt, wo meine Welt eh Kopf stand?

Na ja, auf die ein oder andere Weise würde ich es gebacken bekommen. Dennoch fühlte ich mich bereits jetzt absolut überfordert, als ich die rosaweiße Schachtel aus dem Regal nahm und sie in meinem Einkaufswagen unter einem ordentlichen Berg Süßigkeiten versteckte, an denen ich es nicht geschafft hatte vorbeizugehen.

Blöderweise gab es in diesem Geschäft keine Selbstzahlerkasse, was bedeutete, dass ich mich mit der Kassiererin auseinandersetzen musste. Blieb nur zu hoffen, dass sie sich nicht zu dem Schwangerschaftstest äußern und mir Fragen stellen würde, auf die ich nicht vorbereitet war.

Um dem zu entgehen, zückte ich mein Handy und tat so, als würde ich einen wichtigen Anruf entgegennehmen. Klar, solch ein Verhalten war unhöflich, aber es waren nun mal schwierige Zeiten und ungewöhnliche Umstände.

Stellen Sie sich meinen Schock und meine Verlegenheit vor, als mein Telefon plötzlich tatsächlich klingelte. Mit glühenden Wangen nahm ich ab.

„Hallo?", murmelte ich und vermied den Blickkontakt mit der Dame an der Kasse.

„Angie", rief mein Mann schon fast erleichtert aus. „Könntest du in einer Stunde ausgehbereit sein? Ich komme vorbei und hole dich ab. Und bitte zieh dir etwas Schickes an, wir gehen zu Fernando's."

Allein bei der Nennung dieses Namens lief mir das Wasser im Mund zusammen. Fernando's war das eleganteste Restaurant in der ganzen Bucht, eines, das zu besuchen wir viel zu selten die Gelegenheit hatten. Wusste Charles etwa, dass ich heute extra viel Zuwendung brauchte? In jedem Fall wäre es die perfekte Umgebung, um ihm von dem Baby zu erzählen – falls es denn ein Baby gäbe.

Ich lächelte und reichte der Kassiererin meine Kreditkarte. „Das schaffe ich", ließ ich ihn wissen.

„Entschuldige, dass ich dich so kurzfristig informiere", fuhr er fort. „Eigentlich hatte ich dieses Treffen seit Wochen geplant, aber jetzt besteht er darauf, dass du ebenfalls mitkommst."

„Moment mal … Es sind nicht nur wir beide?"

Kurz fühlte ich mich, als müsste ich mich jeden Moment übergeben.

„Upps, tut mir leid, nein. Ich dachte, du wüsstest, dass ich heute Abend das Essen mit Richard Fulton geplant hatte. Er lebt ja mittlerweile in Florida, ist aber diese Woche hier und hat angefragt, ob wir etwas Geschäftliches bereden könnten. Eigentlich hatten wir das Ganze schon auf unserer Hochzeit ins Auge gefasst. Der Termin steht auch in unserem gemeinsamen Kalender."

Ich nahm meine Karte wieder von der Kassiererin entgegen und schnappte mir meine überfüllte Einkaufstasche, bevor ich zurück zum Parkplatz eilte. „Sorry", murmelte ich. „Ich hatte in letzter Zeit einfach zu viel um die Ohren, und du warst so beschäftigt ... Aber ja, in einer Stunde bin ich bereit. Bis gleich. Ich liebe dich."

Kurz überlegte ich, ob ich mit dem Test bis nach dem Abendessen warten sollte, entschied mich dann aber ziemlich schnell dagegen. Immerhin konnte ich es kaum erwarten, das Ergebnis zu sehen.

Also pinkelte ich auf das Stäbchen und ...

Tatsächlich, schwanger!

Auch wenn es beruflich alles andere als rosig aussah, an der Familienfront ging es zügig vorwärts. Es würde mir unglaublich schwerfallen, während des heutigen Abendessens den Mund zu halten, aber das musste ich einfach. Immerhin handelte es sich um die Art von Neuigkeit, die eine Frau ihrem Mann unter vier Augen mitteilte.

Ich könnte es ihm vielleicht sagen, wenn wir uns bettfertig machten, direkt vor unserem riesigen Badezimmerspiegel, während wir uns Seite an Seite die Zähne putzten. Charles würde ausflippen vor Freude, daran bestand kein Zweifel.

Und seine Begeisterung würde mit Sicherheit dazu beitragen, dass auch ich mich mehr auf unser Kind freuen konnte. Ich war ich ja nicht unglücklich über diese unerwartete Wende, lediglich leicht schockiert. Und ein neues Leben in diese Welt zu holen, setzte auch mir in gewisser Weise die Pistole auf die Brust, endlich mein eigenes auf die Reihe zu bekommen.

Eine gefühlte Ewigkeit saß ich einfach nur regungslos auf dem Rand der Badewanne und versuchte, meine Gedanken zu ordnen. Dann kündigte mein Handy eine eingehende Nachricht von Charles an, in der stand, dass Fulton und er die Kanzlei jetzt verlassen hätten. Das bedeutete, dass mir nur noch etwa fünfzehn Minuten blieben, um mich zu sammeln und in Schale zu werfen.

„Du schaffst das", flüsterte ich meinem Spiegelbild zu, während ich meine Lippen mit einem korallenroten Lippenstift nachzog. „Du wirst eine fantastische Mutter sein. Ich meine, schau dir Octocat an. Er wurde sozusagen ins kalte Wasser geworfen, als wir Charlene mit nach Hause brachten, und jetzt ist er ein solch hingebungsvoller Vater. Geradezu aufopfernd, wie er sich kümmert. Das wird dir ebenfalls gelingen. Natürlich nicht als Vater, sondern als Mutter. Die verdammt beste Mama aller Zeiten."

„Freut mich, dass ich dich inspirieren konnte, Angela", ertönte in diesem Moment die Stimme meines Katers von der Tür her. Ich hatte ihn nicht einmal kommen hören. „Und du bist ja nicht allein. Gerne gebe ich dir Unterricht in korrekter Erziehung."

„Ich dachte, Katzenunterricht gilt nicht für Menschen."

„Teile davon kann man ohne Weiteres auf menschliche Situationen übertragen. Sag einfach Ja und sei dankbar. Man würde auch Mozart keinen Korb geben, wenn er sich anbietet, einem Klavierspielen beizubringen, oder?"

Bei dieser Bemerkung wäre mir beinahe die Kinnlade heruntergeklappt, obwohl mich die Analogie eigentlich nicht weiter hätte überraschen dürfen. Octocat hatte schon immer eine sehr hohe Meinung von sich gehabt, mehr noch als alle anderen Katzen, die ich kannte. Wenn ich doch nur einen Bruchteil seines Selbstbewusstseins besäße!

„Ich würde gerne Unterricht bei dir nehmen" antwortete ich, ließ ihn dann jedoch stehen und ging nach unten. Charles würde jede Minute hier sein, und ich war bereit.

Ich war so was von nicht bereit!

Geheimnisse für mich zu bewahren, war mir von jeher schwergefallen, und jetzt musste ich auch noch zwei Stunden mit belanglosem Smalltalk zubringen, obwohl gerade mein komplettes Leben Kopf stand.

Unter dem Tisch griff Charles immer wieder nach meiner Hand und drückte sie beruhigend. Natürlich merkte er, dass ich aufgeregt war, nahm aber mit Sicherheit an, es ginge um das, was mich jetzt schon seit Wochen beschäftigte – dass ich zum Gespött der Leute geworden war. Erschwerend kam hinzu, dass mich sowohl das Personal als auch die anderen Gäste permanent mehr oder minder augenfällig musterten und leise tuschelten. Was ich von ihren gemurmelten Worten aufschnappen konnten, nannten sie mich verrückt oder eine Betrügerin. Eine Person kam sogar mit diesem Meme, das jemand von meinem Interview gemacht hatte, an unseren Tisch und bat mich um ein Autogramm.

Klar, darüber war ich nach wie vor ziemlich unglücklich, aber mittlerweile war diese Angst von etwas noch Größerem in den Hintergrund gedrängt worden. Ich hatte gerade so viel riskiert, um ein Geheimnis loszuwerden, und schon tat sich ein brandneues auf.

„Ist es tatsächlich wahr?", fragte Fulton, während wir uns dem Salat widmeten. „Können Sie wirklich ...?" Er senkte die Stimme und beugte sich verschwörerisch vor. „Mit Tieren sprechen?"

Ich knetete die Stoffserviette, die auf meinem Schoß lag, und nickte knapp.

Fulton nahm einen Schluck von seinem Wasser und hakte weiter nach: „War das der Grund, warum Sie unbedingt Ethels Kater adoptieren wollten? Weil Sie mit ihm reden konnten?"

Ein erneutes Nicken meinerseits. „Von ihm wusste ich überhaupt erst, dass Ihre Tante ermordet wurde." Es war einfacher zuzustimmen, als den langen und beschwerlichen Weg zu erklären, den Octocat und ich gegangen waren, bis wir endlich Freunde wurden. Um das Vertrauen einer Katze zu verdienen, brauchte es Arbeit, und davon jede Menge.

Mein ehemaliger Chef lehnte sich in seinem Stuhl zurück. „Ich komme mir richtig dumm vor, weil ich nie etwas davon bemerkt habe. Aber gut, inzwischen ist es ja kein Geheimnis mehr."

Ich blickte auf und sah, dass er mich prüfend musterte. „Sie glauben mir also?", fragte ich und hielt den Atem an, während ich auf seine Antwort wartete.

„Natürlich tue ich das, Angie, Ich kenne Sie von jeher als ehrliche, freundliche und äußerst intelligente Person. Warum um alles in der Welt sollten Sie sich so etwas ausdenken?"

Ich stieß ein ersticktes, erleichtertes Lachen aus. Zumindest gab es eine Person, die nicht anders über mich dachte, nachdem sie von meiner Gabe erfahren hatte. Vielleicht war es ja doch nicht schlecht gewesen, dass ich heute mitgekommen war.

„Jetzt, da wir dieses Thema abgehakt haben, möchte ich gerne auf den eigentlichen Grund unseres Treffens heute Abend zu sprechen kommen." Fulton tauschte sein Wasser- gegen ein Weinglas aus und prostete meinem Mann zu. „Charles, Sie sind der brillanteste junge Anwalt, mit dem ich je das Privileg hatte, zusammenarbeiten zu dürfen, und ich möchte Ihnen einen Job anbieten. Wie würden Ihnen weniger Arbeitsstunden bei besserem Gehalt gefallen?"

Charles verspannte sich merklich, was Fulton jedoch nicht zu bemerken schien, und presste hervor: „Das klingt fantastisch."

Unser ehemaliger Chef nickte begeistert mit dem Kopf. „Auf diese Reaktion hatte ich gehofft. Man hat mich gebeten, als Teilhaber in der sehr erfolgreichen Kanzlei eines Freundes einzusteigen, und ich habe zugestimmt, allerdings unter der Bedingung, dass ich einen Juniorpartner mitbringen darf. Laut der offiziellen Stellenbezeichnung ist es eine geringfügige Degradierung, aber tatsächlich ist die Position wesentlich besser als die, die Sie jetzt bekleiden. Man hält sich dort strikt an die 40-Stunden-Woche. Das würde bedeuten, Sie hätten endlich wieder ein Privatleben. Klingt das nicht verlockend?"

Keine Ahnung, was Charles in diesem Moment durch den Kopf ging, aber ich konnte mir dieses neue Leben bestens vorstellen. Und das Geld spielte eine eher untergeordnete Rolle. Wir hatten eigentlich genug, dank der Genialität meines Mannes und dem Treuhandfonds meines Katers. Was uns fehlte, war gemeinsame Zeit. Wenn das klappen sollte, ginge mein größter Traum in Erfüllung. Und dazu genau jetzt, wo das Baby unterwegs war. Ich wusste natürlich, dass er stolz auf das war, was er sich in seiner Kanzlei erschaffen hatte, hoffte aber, er könnte einen Wechsel zumindest in Erwägung ziehen. Ich würde auf jeden Fall alles tun, um ihn zu diesem Schritt zu ermutigen.

Alles klang perfekt, bis Fulton mit dem letzten Detail herausrückte. „Es gibt nur einen Haken. Der Job wäre in einem anderen Bundesstaat. Sie müssten also von hier wegziehen."

16

„ch werde diese Stelle keinesfalls annehmen", sagte Charles zu mir, als wir Fulton in seinem Hotel abgesetzt hatten und uns auf den Heimweg machten. „Dein ganzes Leben spielt sich hier ab. Deine Familie, deine Freunde leben an diesem Ort. Ich kann und werde nicht von dir verlangen, dass du das alles aufgibst."

Die Tatsache, dass sich diese neue, traumhafte Chance in einem anderen Bundesstaat auftat, versetzte meinem Enthusiasmus einen gewaltigen Dämpfer. Fulton hatte uns nicht einmal verraten, in welchem, weil er der Meinung war, dass man sich noch früh genug über Einzelheiten unterhalten könnte. Erst einmal musste mein Mann sich darüber klar werden, ob er generell zu einem Umzug bereit wäre. Sobald Charles ihn wissen ließ, dass er der Idee offen gegenüberstand, würde er ein offizielles Angebot für ihn ausarbeiten.

Allerdings schien er jetzt schon strikt dagegen zu sein. Ich selbst war ebenfalls hin- und hergerissen, aber zumindest der Meinung, dass es sich lohnen könnte, darüber nachzudenken ... spätestens, nachdem ich Charles ein sehr wichtiges Puzzleteil geliefert hatte, das ihm bisher noch nicht vorlag.

„Es stimmt schon ... Wenn wir umziehen, werde ich Grandma, Grant, Mom und Dad furchtbar vermissen, und natürlich auch Paisley", gab ich leise zu. „Aber im Moment bist hauptsächlich du es, der mir fehlt. Und auf Dauer sind diese vielen Überstunden auch nicht gut für deine Gesundheit."

Er schüttelte den Kopf und hielt die Augen stur auf die Straße gerichtet. „Ich werde einen weiteren Partner ins Boot holen, die Arbeitslast aufteilen."

„Was sich proportional auf dein Gehalt auswirken wird, was zu einem echten Problem werden könnte, da ich ja momentan auch nichts verdiene", gab ich zu bedenken. Aber das waren alles sehr allgemeine Argumente, Dinge, die Charles wahrscheinlich selbst wusste. Ich musste es ihm sagen, jetzt auf der Stelle.

„Fulton ist ein klasse Typ. Ich mag ihn wirklich sehr. Aber dein Glück steht an erster Stelle, Angie."

Er langte zu mir herüber und nahm meine Hand in die seine. „Es gibt nichts Wichtigeres für mich."

„Eher an zweiter Stelle", flüsterte ich, sah meine Chance gekommen und ergriff sie mit beiden Händen.

„Wie meinst du das? Natürlich überlege ich bei allem, was ich tue, zuallererst, wie es dir damit geht. Ich ..."

„Ich bin schwanger", platzte ich heraus. „Also denke ich, dass das Wohl unseres Babys Priorität hat."

Charles trat versehentlich auf die Bremse, woraufhin das Auto hinter uns ein wütendes Hupkonzert anstimmte. Er sagte kein Wort, lenkte den Wagen jedoch auf den Parkplatz eines Einkaufszentrums und stellte den Motor ab.

„Charles? Ist alles in Ordnung?", fragte ich und lehnte mich vor, um sein Gesicht sehen zu können. Er hatte beide Hände auf das Lenkrad gelegt und die Stirn darauf gestützt. Seine Schultern bebten, aber er gab keinen Laut von sich.

„Charles?", versuchte ich es erneut. Das war nicht die Reaktion, mit der ich gerechnet hätte. War er verärgert? Überwältigt? Ergriffen?

Schließlich hob er den Kopf, und seine Augen waren gerötet. „Angie", flüsterte er mit brüchiger

Stimme. „Schatz, ich liebe dich so sehr. Das ist die beste Nachricht meines Lebens."

Dann beugte er sich zu mir herüber und küsste mich.

„Wenn du es möchtest, nehme ich diesen Job an", sagte er, nachdem er sich wieder von mir gelöst hatte. „Oder irgendeinen anderen. Ich könnte auch komplett zu arbeiten aufhören, wir mieten uns ein Wohnmobil und fahren kreuz und quer durchs Land." Kurz lachte er über seine eigene verrückte Idee und fuhr dann fort: „Anscheinend weiß ich nicht mehr, was ich da rede, aber eines weiß ich ganz genau, nämlich, dass ich dich so sehr liebe. Und unser Baby liebe ich jetzt auch schon wie verrückt. Ich werde alles tun, was in meiner Macht steht, um sicherzustellen, dass ihr beide das beste Leben habt."

„Du wirst ein fantastischer Vater sein." Ich streckte die Hand aus und strich ihm eine verirrte Haarsträhne hinters Ohr. Aufgrund der vielen Arbeit hatte er es seit Wochen nicht mehr zum Frisör geschafft, aber mir gefiel dieser zottelige Look an ihm. „Bitten wir Fulton, das Paket zusammenzustellen, damit wir alle Informationen haben, die wir brauchen. Und dann nehmen wir uns ein paar Tage Zeit, um darüber zu reden und zu überlegen, was das Beste für die Zukunft unserer kleinen Familie wäre.

Wir werden die richtige Entscheidung treffen, davon bin ich überzeugt."

Erst jetzt fiel mir auf, dass wir uns auf dem Parkplatz des Einkaufszentrums befanden, das sich ganz in der Nähe meines Lieblingsgeschäfts für Tierbedarf, Frank n' Beans, befand. Und da wir schon mal da waren, fragte ich Charles, ob es okay für ihn wäre, wenn ich schnell ein paar Sachen für die Katzen besorgen würde.

Eigentlich war ich immer noch sauer auf Octocat, weil er über meine Schwangerschaft Bescheid gewusst und mir nichts gesagt hatte. Aber Tiere sind nun mal anders als Menschen – vor allem Katzen. Ich hatte den Verdacht, dass er mir damit auf irgendeine schwer nachvollziehbare Art und Weise nur einen Gefallen tun wollte. Ha.

Heute Abend würden wir es den anderen erzählen, vorausgesetzt, sie wussten es nicht ebenfalls schon, und eine kleine Feier veranstalten – nur ich, Charles und unsere vier geliebten Felltiger.

Während Octocat seine Leckerbissen in Form von gegrillten Garnelen und Hummerröllchen bevorzugte, liebten die Sphynx-Katzen Lachscreme, vor allem, wenn sie sie direkt aus einer Tube anstatt von einem kalten Teller lecken konnten. Da ich es heute nicht mehr nach Misty Harbor schaffen würde, bevor das Diner schloss, entschied ich mich für ein Sortiment neuer Leckereien und füllte meinen Einkaufskorb bis zum Rand. Es sollte für jeden etwas Passendes dabei sein.

„Bitte bringen Sie Ihre letzten Einkäufe an die Kasse, wir schließen gleich", rief Frank über die Schulter nach hinten. Ich hatte ihn beim Betreten des Geschäfts gar nicht gesehen. Wahrscheinlich war er wieder irgendwo im Lager gewesen, um sich um den Warenbestand zu kümmern.

Mit einem Lächeln näherte ich mich dem Verkaufstresen. „Hallo, Frank", sagte ich und stellte meinen Korb zwischen uns ab.

„Ach, Angie, hi." Er begann sofort mit dem Scannen meiner Sachen, unterhielt sich jedoch weiterhin mit mir. „Lange her, seit ich dich das letzte Mal gesehen habe. Schön, dass du mal wieder vorbeischaust."

„Tut mir leid, es war etwas hektisch in letzter Zeit", murmelte ich. So gut ich Frank auch leiden mochte, war ich doch begierig darauf, zu Charles zurückzukehren, nach Hause zu kommen und die Neuigkeit mit dem Rest unseres Haushalts zu teilen.

Von daher beschränkte sich meine Toleranz für müßiges Geplauder auf ein Minimum.

„Ich habe dein Interview gesehen. Wirklich cool." Er fummelte an einer Tüte mit Leckerlis herum, sah dann jedoch fragend zu mir auf. „Ist das alles wahr? Also die Sache mit deiner Fähigkeit?"

Ich nickte und wandte den Blick ab. „Ja, leider."

„Wieso leider? Wenn *ich* mir eine Superkraft aussuchen könnte, würde ich mich genau dafür entscheiden."

„Es ist nicht wirklich eine Superkraft", sagte ich, obwohl ich diese Gabe selbst schon unzählige Male als solche angesehen hatte.

„Also für mich schon", schwärmte Frank, als er meinen umfangreichen Einkauf abrechnete. Dann jedoch schwieg er abrupt, und selbst der riesige Darth-Vader-Helm auf seinem T-Shirt schien den Atem anzuhalten. „Ich hoffe, das ist jetzt nicht zu frech, aber dürfte ich dich vielleicht um einen Gefallen bitten? Natürlich würde ich dich auch dafür bezahlen. Ich bin nur gerade ziemlich verzweifelt wegen Beans. Er isst nichts mehr und meidet mich, wo immer er kann. Ich mache mir große Sorgen um ihn."

„Das klingt nach einer Sache, die du mit deinem

Tierarzt besprechen solltest“, antwortete ich schnell und hoffte, dass ich nicht zu kühl rüberkam.

„Habe ich bereits. Aus körperlicher Sicht ist alles okay mit ihm. Wenn ich nur verstehen könnte, was in seinem flauschigen kleinen Köpfchen vor sich geht …“ Frank hielt inne und seufzte. „Aber entschuldige, ich wollte dich nicht aufhalten und hätte auch nicht gefragt, wenn es mir nicht so wichtig wäre.“

Meine Finger wanderten zu meinem Ellbogen und zupften und zwirbelten an der Haut herum, eine unangenehme nervöse Angewohnheit von mir. „Die Sache ist die … Ich mache das nicht mehr“, versuchte ich ihm leise, jedoch bestimmt zu erklären. „Ich habe mein Geschäft vor ein paar Tagen aufgegeben.“

Seine Miene drückte Bestürzung aus und er schien kurz davor, in Tränen auszubrechen.

„Aber da es sich um Beans handelt, helfe ich natürlich gerne “, fügte ich schnell hinzu. Hatte ich eine andere Wahl? Der gute Frank zog im Gegensatz zu manch anderen meine Gabe nicht ins Lächerliche, sondern brauchte wirklich meinen Rat. Was wäre ich für eine Freundin, wenn ich seine Bitte ablehnte? „Ist er jetzt auch hier?“

Ein Strahlen machte sich auf seinem Gesicht breit, wie ich es noch nie zuvor bei ihm gesehen hatte. „Ganz bestimmt versteckt er sich irgendwo in der Nähe. Vielleicht kommt er ja raus, wenn er mitbekommt, dass du hier bist."

Schon wollte er sich in Bewegung setzen, um nach seinem Katzenpartner zu suchen, als mein Blick auf die gläserne Eingangstür fiel. „Würde es dir etwas ausmachen, abzusperren, damit wir ungestört sind? Ich bin immer noch etwas zurückhaltend, wenn es darum geht, meine Fähigkeiten zu demonstrieren, vor allem angesichts der Reaktionen, die die Preisgabe meines Geheimnisses hervorgerufen hat."

Pflichtbewusst eilte er zur Tür und legte den Riegel vor, und wandte sich dann mit dem breitesten Grinsen, das ich je an einem Menschen gesehen hatte, wieder mir zu. „Wenn du mir in dieser Sache helfen kannst, geht deine Bestellung aufs Haus."

Bei diesem Angebot schnappte ich nach Luft. „Ich bitte dich, das sind Katzenleckerlis im Wert von zweihundert Dollar."

Er jedoch schüttelte nur den Kopf und lächelte weiter wie jemand, für den gerade sein letzter Lebenstraum in Erfüllung gegangen war. „Du hast dich gerade bereiterklärt, das Leben meines Katers zu retten.", beharrte er auf seinem Angebot. „Da ist doch das Mindeste, was ich tun kann, die deinen ein wenig zu verwöhnen."

17

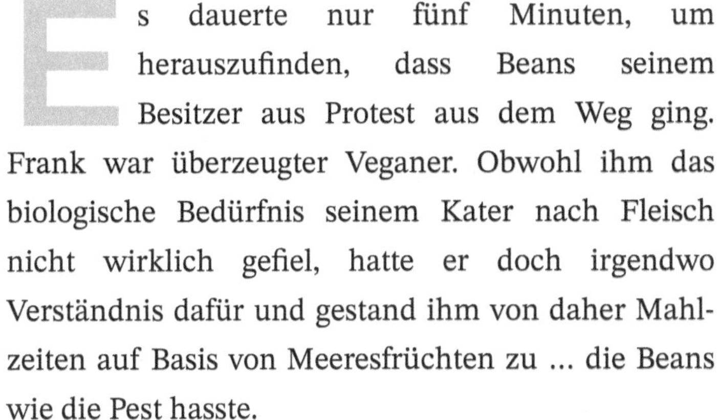

Es dauerte nur fünf Minuten, um herauszufinden, dass Beans seinem Besitzer aus Protest aus dem Weg ging. Frank war überzeugter Veganer. Obwohl ihm das biologische Bedürfnis seinem Kater nach Fleisch nicht wirklich gefiel, hatte er doch irgendwo Verständnis dafür und gestand ihm von daher Mahlzeiten auf Basis von Meeresfrüchten zu ... die Beans wie die Pest hasste.

Als ich Beans zum ersten Mal traf, musste ich ihn direkt bestechen. Im Gegenzug für Informationen, die ich zur Lösung eines Falles brauchte, der sich in meiner unmittelbaren Nachbarschaft abgespielt hatte, hatte ich ihm ein fettes rohes Steak besorgt. Auf meiner Hochzeit ein paar Wochen später mopste und verschlang er dann einen weiteren Berg roten Fleisches, woraufhin er sein *Fischfutter* nur noch vehementer ablehnte. Und so beschloss er, in einen Streik zu treten.

Als ich Frank darüber informierte, marschierte dieser direkt zu dem Regal mit dem Premium-Nassfutter und holte eine Dose mit saftigster Rinderpastete, die Beans mit Begeisterung verschlang und sich im Anschluss überschwänglich bei uns beiden bedankte. Nach getaner Arbeit bestand ich erneut darauf, für meine vielen Leckereien zu bezahlen, stieß damit bei Frank jedoch nach wie vor auf taube Ohren. Mein Einkauf ging also tatsächlich aufs Haus.

Wieder zurück in unseren eigenen vier Wänden half Charles mir, einzelne Behälter mit den tierischen Köstlichkeiten zu öffnen und aus jedem ein paar Stücke auf dem Küchenboden zu verteilen, damit unser eifriges Team von Geschmackstestern sie probieren konnte.

„Heute Abend feiern wir den Neuzugang in unserer Familie", verkündete ich, als alle Katzen sich versammelt hatten.

„Es wurde auch langsam Zeit, dass du Charlene einen speziellen Empfang bereitest", meldete Jillianne sich zu Wort, bevor sie den Kopf senkte und sich den tierischen Naschereien mit Lachsgeschmack widmete.

„Nein, nicht Charlene." Ich legte eine Hand auf meinen Bauch. Wuchs hier drin wirklich ein kleines Lebewesen heran? Daran würde ich mich erst noch gewöhnen müssen. „Charles und ich erwarten ein Baby."

„Ich dachte, *ich* wäre dein Baby", jammerte unsere jüngste Fellnase, wobei ihr die Kinnlade nach unten klappte und etliche der erst teilweise zerkauten Leckereien wieder auf den Boden fielen.

„Unser menschliches Baby", korrigierte ich mich mit einem gelassenen Lächeln. „Aber wir können für Charlene natürlich auch eine Party schmeißen!"

„Nicht nötig, ist schon okay", antwortete diese mit einem Achselzucken, das mehr als deutlich machte, dass es das für sie nicht war. „Außerdem wussten wir bereits davon, aber Papa Octocat hat uns zu verstehen gegeben, dass wir nichts sagen dürfen", fuhr sie fort, bevor sie sich ein Katzenminze-Knus-perstück schnappte und fröhlich vor sich hin mampfte.

Jacques rümpfte ob der Auswahl an Snacks nur die Nase. Für ihn würde ich wohl oder übel eine Tube mit Lachscreme aufmachen müssen, aber erst, nachdem wir unser Gespräch beendet hatten. „Ich für meinen Teil verstehe nicht, warum wir jetzt schon feiern. Sollten wir nicht besser warten, bis dein Wurf auf der Welt ist?"

„Um Gottes Willen, kein Wurf! Es wird nur eines!", rief ich, bevor dieses Schreckensszenario mich übermannen konnte. „Das ist auch mehr als genug."

„Ich mag diese Leckereien nicht", meldete sich Octocat zu Wort. „Könnte ich ein Hummerbrötchen haben?" Er hielt einen Moment inne und fügte dann ein irgendwie abfällig klingendes *Bitte* hinzu.

Bevor ich antworten konnte, klingelte das Handy in meiner Tasche. Ich schnappte es mir und ging in ein anderes Zimmer, um ein wenig Privatsphäre oder eine kurze Pause von den Katzen zu haben ... sucht es euch aus.

„Christine? Was ist los?", fragte ich, kaum dass ich ihren Namen auf dem Display gelesen hatte. Sie war Grizabellas Besitzerin, was uns sozusagen zu Schwiegereltern machte. Aber noch hatte sie ja keine Ahnung davon, dass unsere beiden Fellnasen den Bund der Ehe eingegangen waren.

„Stimmt das?", fragte sie scharf, ohne sich mit einer Begrüßung aufzuhalten. „Du kannst mit Tieren sprechen?"

Nicht schon wieder! Jedes Mal, wenn ich

versuchte, zu etwas anderem überzugehen, holte mich das Chaos ein, das ich mir durch die Preisgabe meines Geheimnisses selbst eingebrockt hatte.

„Es tut mir leid, dass ich es dir nicht schon früher gesagt habe, Christine, aber es war ein ganz kurzfristiger Entschluss und …"

„Und wie lange geht das schon so? Konntest du es schon damals, als wir uns zum ersten Mal trafen?"

„Ja", gab ich zu. „Noch einmal, bitte entschuldige, dass ich …"

Ein munteres Kichern drang an mein Ohr, das mich direkt wieder beruhigte. „Keine Sorge, ich bin dir nicht böse. Eigentlich hatte ich schon lange einen gewissen Verdacht, redete mir aber stets ein, dass so etwas nicht möglich sei und du einfach eine hingebungsvolle Katzenmama wärst. Was bin ich froh, dass ich nicht verrückt bin."

„Bist du nicht, aber manchmal denke ich, ich könnte es sein." Ich hielt kurz inne, bevor ich die Konfettibombe platzen ließ. „Wusstest du, dass unsere beiden Fellnasen verheiratet sind?"

Christine ließ erneut einen schallenden Lacher vom Stapel. Und was hatte ich mir für Sorgen gemacht, als ich diesen Anruf annahm. „Damit sind wir jetzt ja wohl eine Familie."

„Sag mal, wie hast du eigentlich davon erfahren?

War es dieses schreckliche Meme?" Bei dem Gedanken an das wenig schmeichelhafte Bild von mir, das das örtliche Internet im Sturm erobert hatte, drehte sich mir fast der Magen um.

Allerdings beruhigte die Freundin mich sofort – oder machte alles noch viel schlimmer, wie man es sehen wollte. „Nein. Ich habe einen Artikel darüber auf Buzzfeed entdeckt und dich direkt angerufen."

Buzzfeed? Großartig. Das bedeutete, dass ich jetzt nationale, vielleicht sogar internationale Aufmerksamkeit erregte. „Tja, ich schätze, damit ist mein Geheimnis endgültig gelüftet."

Und dabei hatte ich bis vor kurzem noch gehofft, durch einen Umzug in einen anderen Teil der USA könnte ich den Spott, den ich hier vor Ort erfahren musste, hinter mir lassen. Anscheinend nicht.

„Der Artikel war, ehrlich gesagt, hauptsächlich ein Klick-Köder", erklärte Christine schnell. „Er enthielt nur ein paar Sätze über dich, der Rest war eher eine Aufzählung der zehn wichtigsten Fragen, die die Mitarbeiter nur zu gerne ihren Katzen stellen würden."

Ich atmete zittrig aus. „Stand auch irgendetwas Gutes darin?"

Sie zögerte. „Ich schicke dir den Link", versprach sie.

Es folgte eine peinliche Pause, die mich dazu veranlasste zu fragen: „Also ist es dir wirklich egal, dass ich mit Tieren reden kann? Oder dass du es auf diese Weise herausfinden musstest?"

„Angie, ich weiß, dass es in deiner kleinen Stadt, wo jeder jeden kennt, anders abläuft als bei uns. Hier wohnen viel zu viele Menschen, um den Überblick darüber behalten zu können, wer was getan hat. Vom Rest der Welt ganz zu schweigen."

„Aber die Leute glauben mir nicht." Das war das Einzige, worüber ich nicht hinwegkam. Dass man mich für dumm hielt, daran war ich gewöhnt, aber für eine Lügnerin? Und definitiv für eine unfähige Katzenmutter.

„Was soll's, wenn sie dir nicht glauben", sagte die praktisch veranlagte Christine. „Im schlimmsten Fall halten sie dich für einen charismatischen Hohlkopf, oder? Die Menschen werden es vergessen, sobald der nächste Hammer die Runde macht. Frau aus Maine denkt, sie kann mit Tieren sprechen … wie süß. Mann aus Florida ringt im Zuge einer Mutprobe mit einem Alligator und verliert drei Finger … das ist ja mal verrückt."

Diese Vorstellung entlockte mir ein Lachen und ich fragte mich, wie es wohl wäre, sich mit einem Alligator zu unterhalten. Welche Geschichten der zu erzählen hätte? „Du hast wirklich ein Talent, einen aufzumuntern. Wie geht es dir, Grizz und dem Rest der Truppe?"

„Uns geht es gut, aber um dich mache ich mir Sorgen." Christines Stimme wurde weicher. „Wie kommst du mit den Reaktionen auf dein Outing klar?"

„Die letzten Wochen waren hart", gestand ich und biss mir auf die Unterlippe.

„Vielleicht solltet ihr uns mal wieder besuchen kommen?", schlug sie vor. O ja. Grandma, Octocat, Paisley und ich hatten unseren letzten Roadtrip zu Grizabella und ihr sehr genossen, und ich hatte mir geschworen, Charles beim nächsten Mal mitzunehmen, aber im Moment gab es einfach hier zu viel zu tun. Und so gerne ich mich ihr, was meine Schwangerschaft anbelangte, auch direkt anvertraut hätte, wusste ich, dass es Unglück brachte, wenn man ganz am Anfang schon darüber sprach. Und natürlich durfte ich in Hörweite der Katzen auch nichts über einen möglichen Umzug erwähnen.

„Wir würden uns ebenfalls freuen, euch alle hier zu haben!", sagte ich stattdessen. „Aktuell habe ich viel um die Ohren, aber ich melde mich in Kürze."

„Das solltest du besser!", zwitscherte Christine mir ins Ohr, bevor sie sich verabschiedete.

„Ist alles in Ordnung?", erkundigte sich Charles, als ich in die Küche zurückkehrte. Octocat und Jacques hatten sich mittlerweile aus dem Staub gemacht, weil sie offensichtlich mit der Auswahl der angebotenen Leckereien nicht zufrieden waren. Unsere beiden Mädels hingegen knabberten noch fröhlich vor sich hin.

„Ja, das war nur Christine. Sie hat einen Artikel im Internet entdeckt und wollte nachfragen, was es damit auf sich hat", erklärte ich.

„Es spricht sich wirklich herum, was? Geht es dir gut damit?"

„Es wird schon", erwiderte ich tapfer, und er zog mich in seine Arme.

Mein Kater kam so schnell zurück in die Küche, dass er schon mehr flog als lief. „Hast du gerade Christines Namen genannt? Wie geht es meiner anbetungswürdigen Grizz?"

„Großartig", versicherte ich ihm, ohne zu zögern. Besser, ich gestand ihm nicht, dass Christine und ich nicht einmal über sie gesprochen hatten.

Mein Kater ließ sich dramatisch auf die Seite fallen. „Ah, meine liebliche Gattin. Süße, süße Grizz. Unsere Tochter sieht ihr von Tag zu Tag ähnlicher."

Hä? Charlene war eine tiefschwarze Streunerin, Grizabella hingegen eine reinrassige weiße Himala-

yakatze ... Aber gut, wenn es ihn glücklich machte
...

„Glückwunsch übrigens zum Baby. Was für ein
Segen für dich, dass Charles nicht kastriert wurde, so
wie ich.“

Ich verschluckte mich praktisch an meinem
eigenen Speichel und begann zu husten.

„Angie, alles okay mit dir?“, erkundigte mein
Mann sich und klopfte mir auf den Rücken. „Was hat
er denn jetzt wieder gesagt?“

„Lass uns einfach zu Bett gehen. Es war ein
langer Tag!“, erwiderte ich und machte mich auf zur
Treppe, wobei ich betete, dass nicht noch weitere
unangenehme Fragen folgen mochten.

So war das Leben mit Katzen eben. Es wurde nie
langweilig.

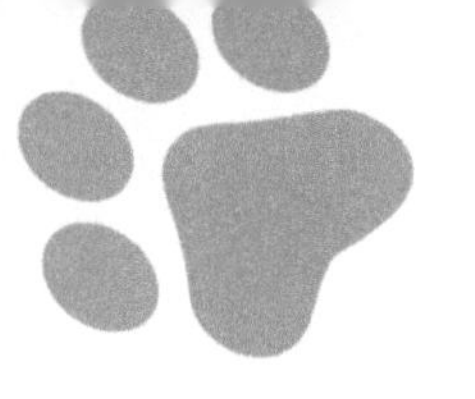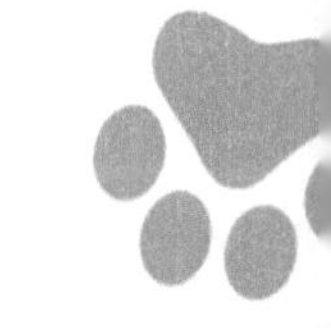

18

Es dauerte zwei volle Tage, bis wir das offizielle Stellenangebot von Fulton erhielten, und als Charles es mir zeigte, quollen mir beinahe die Augen aus dem Kopf. „Soll das ein Witz sein?"

Er lachte. „Klar, er hatte von einem höheren Gehalt gesprochen, aber damit hätte ich nie gerechnet."

„Ich spreche nicht einmal von dem Geld, sondern von dem Standort", erwiderte ich und deutete auf dem Bildschirm auf den entsprechenden Absatz. „Das muss ein Zeichen sein, glaubst du nicht auch?" Dann nahm ich seine Hände in die meinen, denn diese neu gewonnene Gewissheit erfüllte mich mit freudiger Erleichterung. „Liebling, du musst es annehmen."

Offensichtlich war mein Mann noch nicht so überzeugt wie ich. „Was ist mit Grandma? Deinen Eltern? Deinem Leben hier?"

„Dafür wurden Flugzeuge und Videocalls erfunden." Ich grinste ihn dümmlich an, aber er wirkte noch immer besorgt. Also musste ich einen anderen Ansatz wählen.

Ich stellte mich hinter ihn und begann, ihm die Schultern zu massieren, wobei ich mich bemühte, gleichzeitig sanft und bestimmt zu sprechen. „Nur weil wir wegziehen, heißt das doch nicht, dass wir keinen Kontakt mehr haben werden. Und dieses Angebot ist einfach unglaublich, vor allem, da wir bald eine Familie sein werden."

Charles drehte sich um und küsste mich auf die Wange. „Bist du dir ganz sicher?"

„Wenn du es nicht annimmst, werde ich es tun", scherzte ich. „Denkst du, Fulton würde sich daran stören, dass ich keinen Abschluss in Rechtswissenschaften habe?"

Endlich hellte sich auch seine Miene auf, und er lachte. „Wenn es etwas gibt, dass ich schon früh über dich gelernt habe, meine süße Angie, dann das: Du schaffst alles, wenn du es nur fest genug willst."

Er gab mir einen weiteren schnellen Kuss, bevor

er aufstand, um Fulton anzurufen und dessen Angebot zu akzeptieren, was mich für eine kurze Weile mit meinen Gedanken allein zurückließ. Ich setzte mich auf die Couch und ging im Geist seine letzten Worte noch einmal durch.

Ich würde alles schaffen, wenn ich es nur fest genug wollte. Was bedeutete das im Hinblick auf meine Firma? Hatte ich die sozusagen schon abgeschrieben? Hatte der Job seinen Reiz für mich verloren, nachdem Octocat sich zurückzog, um sich seiner neuen Katzenfamilie zu widmen? Hatte ein kleiner Teil von mir womöglich das neue Leben, das in mir heranwuchs, bereits gespürt?

Keine dieser Fragen konnte ich mit Bestimmtheit beantworten, begann jedoch zu erahnen, dass ich diesen Einbruch gebraucht hatte, um mein Leben neu zu gestalten. Ich musste Altes beenden, um bereit zu sein für all die erstaunlichen Abenteuer, die die Zukunft mit sich bringen würde.

Vielleicht hatte ich den Titel der Tierflüsterin abgegeben, dafür aber einen ebenso faszinierenden neuen angeboten bekommen: den Titel der Ehefrau und Mutter. Etwas Gutes ging zu Ende und machte Platz für etwas noch Besseres – etwas absolut Fantastisches.

Charles kehrte zurück und setzte sich vorsichtig

neben mich auf das Sofa. Unser Baby hatte bisher kaum die Größe einer Haselnuss, aber seit er Bescheid wusste, war er in meiner Nähe extrem achtsam.

„Er gibt mir einen Monat Zeit, um alles hier zu regeln und hat sogar angeboten, beim Verkauf des Hauses behilflich zu sein. Wie er mir erst jetzt gestand, gab es nach dem Tod seiner Tante jede Menge Interessenten, aber als er erfuhr, dass du es haben wolltest, wimmelte er alle ab."

„Wie nett von ihm." Bestimmt hatte Richard Fulton keine Ahnung, wie sehr er mein Dasein mit dieser Entscheidung zum Besseren veränderte. Er hatte mir den Weg geebnet, dass ich sowohl Octocat als auch Charles kennenlernen durfte, unbestreitbar die beiden wichtigsten Männer in meinem Leben.

Apropos Octocat ... „Ich schätze, damit bleibt nur noch eine Sache, die wir hinter uns bringen müssen."

„Ja, wir müssen es allen erzählen", stimmte er mir zu. „Wie glaubst du, wird Grandma es aufnehmen?"

„Da mache ich mir keine Sorgen. Sie wird es verstehen. Ich denke da eher an Jacques und Jilli-anne. Die beiden wurden in den letzten Jahren so oft entwurzelt und in ein anderes Umfeld gezwungen, und jetzt steht ihnen das erneut bevor."

„Was ist mit uns?", zischten die beiden Nacktkatzen unisono, als sie ins Wohnzimmer geschlendert kamen und sich zu uns gesellten.

„Wenn man vom Teufel spricht ...", sagte Charles lachend.

„Dann lass es uns doch gleich allen beichten", entschied ich, mehr als bereit, diese Sache hinter mich zu bringen. Ich hatte ja eine ziemlich genaue Vorstellung davon, wie Octavius reagieren würde, aber er fand oft neue und irritierende Wege, mich zu überraschen. „Octocat! Charlene!"

„Was wollt ihr uns sagen?", schnarrte Jillianne und setzte sich wie selbstverständlich auf Charles' Schoss.

„Immer langsam mit den jungen Tigern! Ich komme ja schon!", hörte ich nun auch meinen Kater irgendwo oben maulen. Ich beschloss, ihn nicht darauf hinzuweisen, wie sehr er dieses Sprichwort verhunzt hatte, und wartete stattdessen geduldig, bis alle eingetrudelt waren.

Charles und ich saßen Seite an Seite, Hand in Hand, und präsentierten uns als geeinte Front.

„Leute", begann ich vorsichtig und wusste noch immer nicht wirklich, wie ich ihnen diese lebensverändernde Neuigkeit am besten beibringen sollte.

„Heute ist etwas Wichtiges passiert. Charles hat einen neuen Job angenommen."

Octocat gähnte gelangweilt. „Wie schnell du immer wieder vergisst, Angela. So etwas interessiert uns nicht, solange es nicht uns betrifft."

O Mann!

„Das genau ist aber der springende Punkt." Ich bemühte mich redlich, mir meine Nervosität nicht anmerken zu lassen. Das waren große Veränderungen, aber auch gute. Sicherlich würden sie das erkennen, sobald ich ihnen alles erklärt hatte, oder? Kurz räusperte ich mich, dann fuhr ich fort. „Dieses Mal betrifft es aber euch alle, sogar in großem Ausmaß."

Charlene legte die kleinen Ohren an. „Was ist los? Ich habe Angst."

„Das brauchst du nicht. Es ist nichts Schlimmes, versprochen. Allerdings bedeutet es ein wenig Umgewöhnung für uns alle."

Charles drückte meine Hand. „Was haben sie gesagt? Kann ich etwas tun, um zu helfen?"

Ich drückte die seine ebenfalls. „Nein, nicht nötig, ich habe alles im Griff."

Octocat begann, wie wild mit dem Schwanz zu klopfen. „Für mich hört sich deine Einleitung alles andere als gut an."

Es war an der Zeit, das schützende Pflaster mit

einem Ruck abzureißen. „Der neue Job ist ziemlich weit weg. Wir müssen dieses Haus verkaufen und umziehen."

„Vergiss es!", brüllte mein Kater und plusterte sich auf wie ein Papagei. „Ich weigere mich, mein Heim zu verlassen. Du weißt doch genau, was es mir bedeutet. Hier hat meine frühere Besitzerin gelebt, und hier ist sie auch gestorben. Wenn du mich zwingen solltest, es aufzugeben, werde ich ..."

Ich hob die Hand, um ihn zum Schweigen zu bringen, und war überrascht, dass es tatsächlich funktionierte. „Octocat, du verstehst nicht. Die neue Kanzlei befindet sich in Boulder, Colorado, ganz in der Nähe von Grizabella."

Ihm klappte der Kiefer herunter, und alle vier Samtpfoten starrten mich mit großen Augen an.

„Mir gefällt es hier eh nicht", ergriff Jillianne, nach wie vor auf dem Schoss meines Mannes sitzend, als erste das Wort. „Viel zu zugig, dieses alte Gemäuer." Dann schüttelte sie sich, um ihren Standpunkt zu unterstreichen.

„Ja, uns ist es eigentlich egal, wo wir leben, solange wir einander haben – und Charles natürlich", erklärte Jacques und machte es sich auf einem Stuhl bequem.

„Und Charlene! Die Kleine brauchen wir natürlich auch!", fügte seine Schwester eifrig hinzu.

„Werden wir wirklich bei Mama Grizz wohnen?" Das kleine schwarze Kätzchen begann zu weinen, obwohl seine Augen vor Glück strahlten.

„Nicht bei, aber ganz in der Nähe. Sobald wir uns eingerichtet haben, werden wir viel Zeit miteinander verbringen können."

Octocat hatte seit dieser unglaublichen Enthüllung noch kein Wort gesprochen.

Ich senkte mein Gesicht, so dass es sich auf einer Höhe mit seinem befand, und fragte: „Also, was sagst du?"

Er öffnete sein Mäulchen und schloss es wieder, wie ein Fisch auf dem Trockenen, der nach Wasser lechzte. Als er endlich die ersten Worte hervorpresste, waren die natürlich wie immer eine Beschwerde. „Ich hätte beinahe einen Herzinfarkt erlitten, Angela. Du solltest wirklich an deinen rhetorischen Fähigkeiten arbeiten. Hättest du die Fakten einfach in einer logischeren und erfreulicheren Reihenfolge aufgezählt, wäre dir meine übertriebene Reaktion erspart geblieben."

Ich entspannte mich und stieß einen tiefen Seufzer der Erleichterung aus. „Es tut mir leid", entschuldigte ich mich, streckte die Hand aus und wollte ihm über den Kopf streicheln.

Er jedoch entzog sich mir, erhob sich auf alle viere und blickte mich mit offensichtlicher Aufregung an. „Und?", rief er.

„Was *und?*", fragte ich verwirrt.

„Wie schnell können wir umziehen?" Und mit diesen Worten stürzte er los in Richtung Treppe. „Ich fange schon mal an zu packen."

Tja, so wie es aussah, waren alle an Bord ...

einschließlich des Babys.

19

ch hatte mit mehr Protest gerechnet, aber tatsächlich freuten sich alle für Charles und mich über dieses neue Kapitel in unserem Leben, vor allem, als ich ihnen eröffnete, dass ich ein Baby erwartete.

„Plant besser gleich mal ein Zimmer für mich ein, denn ich werde euch ununterbrochen besuchen!", erklärte Großmutter, kaum dass ich ihr die guten Neuigkeiten erzählt hatte. „Ich werde doch tatsächlich Urgroßmutter!"

Ich umarmte sie ganz fest.

Paisley war da schon etwas schwieriger zu überzeugen. „Aber du bist doch meine Mami, und ich werde dich so vermissen", jammerte sie.

Ich nahm sie hoch, hielt sie wie ein Baby und

streichelte sie sanft „Ich dich ebenfalls, meine Süße. Tatsächlich fehlst du mir schon jetzt sehr, seit du mit Grandma ausgezogen bist. Aber du weiß doch auch, dass sie deine wahre Hundemama ist, oder? Sie ist es, die dich aus dem Tierheim gerettet hat und dir seither ein so gutes Leben ermöglicht."

Die dreifarbige Chihuahuahündin wedelte eifrig mit dem Schwanz. „Ja, natürlich. Ich dachte eben immer, ich hätte zwei Mütter."

„Das wird sich auch nie ändern, mein kleiner Engel. Egal, wie weit voneinander entfernt wir auch wohnen, unsere Herzen werden auf immer verbunden sein." Dann beugte ich mich hinunter und drückte ihr einen Kuss zwischen ihre riesigen dreieckigen Ohren.

„Und du kommst mich auch ganz oft besuchen, oder?"

„So oft, bis du mich irgendwann nicht mehr sehen kannst", versprach ich und knutsche auch noch ihren rosigen Bauch. Und mehr brauchte es Gott sei Dank auch nicht, damit sie wieder ganz die alte, lustige, lebensfrohe Paisley war.

✱ ✱ ✱

Am schwersten war es natürlich, Oma Lyn die Neuigkeiten beizubringen. Wir hatten gerade erst nach jahrzehntelanger Suche ihrerseits wieder zusammengefunden, und nun war ich schon bald wieder weg.

„Bist du böse?", fragte ich nach meiner großen Ankündigung.

„Nein, natürlich nicht, Als deine Großmutter will ich doch nur das Beste für dich, und du scheinst dich sehr darauf zu freuen."

Stimmt, ich bin mega aufgeregt, aber ich werde es auch sehr vermissen, dich in der Nähe zu haben."

Oma Lyn räusperte sich. „Wenn es okay für dich wäre, würde ich gerne mitkommen. Natürlich würde ich mir eine eigene Wohnung suchen, aber zumindest wären wir nicht tausende von Kilometern getrennt."

„Aber was ist denn mit Mom? Sie hat nicht vor, von hier wegzugehen", argumentierte ich, obwohl mir der Gedanke, Oma bei mir zu haben, sehr gefiel.

„Deine Mutter hatte schon den Großteil ihres Lebens hinter sich, bevor ich sie wiederfand", erklärte sie. „Und bei dir ist es ähnlich. Da möchte ich zumindest dein Kleines aufwachsen sehen. Das ist für mich wie eine neue Chance, als ob das

Universum endlich alle Dinge in Ordnung bringen möchte."

„Diese Vorstellung gefällt mir und ich würde mich wahnsinnig freuen, wenn du mit uns kommst."

* * *

In den folgenden Tagen suchte ich viele Plätze auf, an denen ich in den letzten Jahren häufig gewesen war – kleine Geschäfte, die ich unterstützt hatte, Restaurants, die ich regelmäßig besuchte, Tatorte, über die ich mehr oder weniger gestolpert war. Mein ganzes Leben hatte sich hier in Blueberry Bay abgespielt, und obwohl klar war, dass ich immer wieder zurückkommen würde, verspürte ich das Verlangen, mich von den Orten ebenso zu verabschieden wie von den Menschen. Als ich ein wenig in der Bucht umherwanderte, erntete ich diverse spitze Blicke, und neugieriges Geflüster drang an mein Ohr, aber es war auch offensichtlich, dass mein kleines Fernsehinterview eigentlich schon wieder Schnee von gestern war. Christine hatte absolut recht gehabt. Jetzt war ich nur noch eine Frau unter vielen, die für Schlagzeilen gesorgt hatte, und bald würden die Leute mich vergessen haben.

Jahrelang hatte ich mich darauf konzentriert,

meine Fähigkeit vor jedermann zu verbergen, und diese Anstrengung war zu einem ebenso großen Teil meiner Persönlichkeit geworden wie das Geheimnis selbst. Dann jedoch fasste ich den Entschluss, die Wahrheit zu sagen, und für kurze Zeit hatte die kollektive Reaktion der Gemeinschaft meine Existenz bestimmt.

Und jetzt?

Nichts von alledem spielte mehr eine Rolle. Wie ich mein Leben gestaltete, oblag nun ganz allein mir, und natürlich all den Lebewesen, die mir lieb und teuer waren.

Als ich zum ersten Mal bemerkte, dass ich mit Tieren sprechen konnte, hatte ich mich für einen Freak gehalten und anschließend all meine Energie darauf verwandt, eine Detektivin mit Superkräften zu werden. Jetzt war mir klar, dass meine Gabe mir vor allen Dingen eines beschert hatte: mehr Freundschaften und Liebe, ein reicheres und erfüllteres Leben.

Und selbst ohne Titel konnte ich den kleinen und großen Kreaturen helfen wie sonst kein anderer, weiterhin Gutes tun und die Kommunikation zwischen Mensch und Tier fördern ... Und nebenbei womöglich das eine oder andere Rätsel lösen, dass sich mir in den Weg stellte.

Diese Fähigkeit, mit Tieren zu sprechen, war ein völlig unerwartetes Geschenk.

Es war nicht das Teilen meines Geheimnisses mit der Öffentlichkeit, sondern die Erkenntnis dieses letzten Aspekts, die mich schlussendlich befreite.

Ebenso wurde mir klar, dass es nicht Ziegel und Wände waren, die ein Zuhause ausmachten, sondern seine Bewohner. Ich mochte unser altes Herrenhaus, aber nicht auf dieselbe Weise wie Octocat es tat. Abgesehen von der kurzen Zeit, die er als Baby bei seiner Mutter verbracht hatte und den wenigen Monaten, in denen ich ihn zwang, mit mir in meiner ehemaligen Mietwohnung zu leben, war diese Villa stets sein Heim gewesen. Hier hatte er sich in Ethel Fulton, seine erste Besitzerin, verliebt. Genau diese Verbundenheit war es auch, die ihn darauf bestehen ließ, dass ich das Haus in seinem Namen kaufte.

Und jetzt zwang ich ihn, all das zurückzulassen.

Ich musste mir etwas Besonderes einfallen lassen, um unserer Zeit hier zu gedenken, um all das zu ehren, was dieses Haus für uns bedeutet und uns gegeben hatte.

Und direkt kam mir eine großartige Idee, wie ich das anstellen würde.

✳ ✳ ✳

Charles hatte ich in den letzten Wochen kaum zu Gesicht bekommen, da er in der Kanzlei alles für die Übergabe vorbereiten musste. Auch hier hatte Fulton geholfen, dieses lästige Detail schnellstmöglich zu regeln. Seine Tochter Bethany, eine ehemalige Kollegin von uns, würde zurück an die Bucht ziehen und das zukünftige Peters & Associates übernehmen.

Ich konnte mir keine geeignetere Person dafür vorstellen.

Während Charles also fieberhaft daran arbeitete, Bethany auf den aktuellen Stand zu bringen, kümmerte ich mich um die Dinge an der Heimatfront. Ja, ich wollte immer noch eine eigene Karriere, würde aber nichts mehr erzwingen. Der richtige Job würde zur richtigen Zeit kommen, und bis dahin war ich mit dem Umzug und der Schwangerschaft mehr als gut beschäftigt.

Wir hatten geplant, das Haus möbliert zu verkaufen, was bedeutete, dass es nur wenig zu packen gab. Somit hatte ich auch kein Problem, das, was ich brauchte, im Gartenschuppen zu finden.

Eine Handschaufel.

Mit meiner Beute bewaffnet, ging in ans andere Ende des Anwesens, bis ich die richtige Stelle fand. *Hier.*

Dies war der Schauplatz einer meiner frühesten

Erinnerungen an das Herrenhaus, also war es nur logisch, dass es auch eine meiner letzten sein würde.

Ich ließ mich auf die Knie sinken, beugte mich vor und begann zu graben. Es dauerte nicht lange, bis ich auf das stieß, wonach ich suchte, und ich keuchte auf vor Freude, als die Spitze meiner Schaufel auf ein kleines, sargartiges Gebildet traf.

Na ja, eigentlich eher auf einen Schuhkarton.

Ich klopfte mir die Erde von den Fingern und hob ihn heraus, äußerst bedacht darauf, den Deckel nicht zu beschädigen.

Natürlich war mir klar, was sich darin befand, aber es war nicht meine Aufgabe, den Inhalt herauszuholen.

Ehrfurchtsvoll trug ich die kleine Kiste ins Haus. Charlene war bereits im Unterricht bei den beiden Sphynx-Katzen, war mir sehr gelegen kam, denn ich wollte diesen besonderen Moment mit Octocat allein erleben.

Also betrat ich sein Schlafzimmer und schloss die Tür hinter mir, damit wir nicht gestört werden konnten.

Wie üblich saß mein Felltiger vor seinem Aquarium und beobachtete die Fische beim Schwimmen. Als er mich hörte, drehte er sich um. „Ich werde diese kleinen Kerle vermissen."

„Ich weiß." Mehr brachte ich im Moment nicht heraus. Aus logistischen Gründen war es uns leider nicht möglich, ein Aquarium mit einem Fassungsvermögen von über fünfhundert Litern quer durchs Land zu transportieren. Glücklicherweise hatte sich unser Freund Frank aus dem Zoogeschäft bereit erklärt, Yummy, Delicious und den anderen ein neues Zuhause zu geben.

Mit großen Augen musterte mein Kater die Box in meinen Händen. „Was ist das?"

„Ein Geschenk. Für dich."

Er rümpfte angewidert die Nase. „Das werde ich nicht annehmen, Angela. Es ist schmutzig."

„Du musst es auch nicht anfassen, ich wollte lediglich, dass du es bekommst." Ich nahm den Deckel ab und stellte die Schachtel auf den Boden, damit er hineinschauen konnte. Darin befanden sich mehrere große Porzellanscherben mit Blumenmuster. Es war eine der Teetassen der verstorbenen Ethel Fulton. Sicher, Octocat hatte noch die übrigen, aber diese war seine Lieblingstasse gewesen. Deshalb hatten wir uns auch damals, als sie zerbrach, die Mühe mit einer groß angelegten Beerdigung gemacht, und deshalb wollte ich sie ihm auch jetzt zukommen lassen.

Zu jenem Zeitpunkt hatte ich über die Lächerlichkeit der Aktion die Augen verdreht, mittlerweile jedoch konnte ich mir nicht vorstellen, sie zurückzulassen. Dieses kaputte Behältnis stellte einen wichtigen Teil unserer Familiengeschichte dar, und deshalb musste sie mit uns kommen.

Octocat seufzte tief auf, blickte aber glücklich drein. „Mein lange verlorenes Evian-Trinkgefäß."

Ich lächelte, als ich sah, wie die Erinnerung zurückkam. „Ganz genau."

„Aber warum hast du seinen ewigen Schlaf gestört?"

„Weil ich dachte, du wolltest es vielleicht mitnehmen?"

„Es stimmt schon, dass ich Ethel sehr vermisse, aber jetzt bist du mein Mensch, Angela. Und durch deine Entscheidung darf ich zukünftig an der Seite meiner geliebten Grizabella leben, was das Größte ist, was eine Katze sich nur wünschen kann. Glaub mir, ich weiß deine Geste zu schätzen, aber ich brauche das Teil nicht mehr."

Ehrlich gesagt, war seine Antwort nicht die, die ich erwartet hätte, und ich wollte unter allen Umständen vermeiden, dass er seinen Entschluss irgendwann später bereute. „Bist du dir da ganz sicher?"

Er nickte nur mit dem Kopf. „Wir sollten schlafende Teetassen ruhen lassen. Warum Zeit damit vergeuden, in der Vergangenheit herumzuwühlen, wenn wir die Zukunft mit beiden Pfoten greifen können?"

Wow! Das hätte ich nicht besser ausdrücken können.

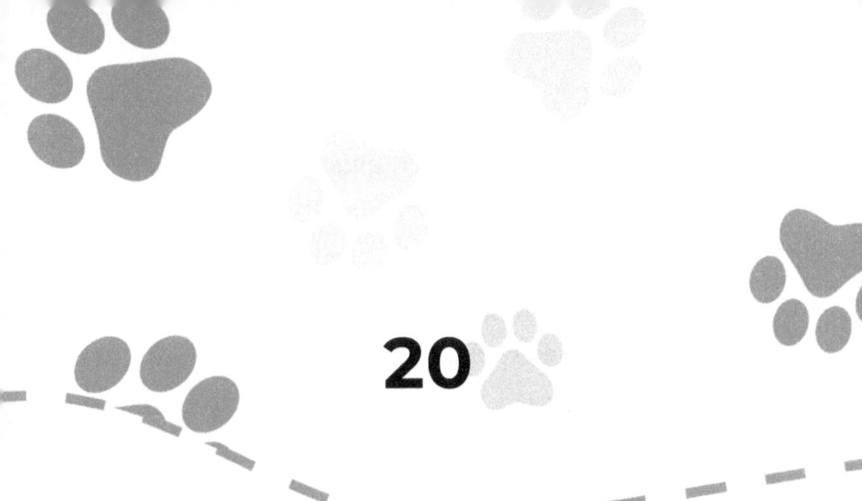

20

Eine Woche später flogen Charles und ich nach Colorado und zahlten einen gehörigen Aufschlag, um sämtliche Katzen in der Kabine mitnehmen zu dürfen. Glücklicherweise hatte Octocat zugestimmt, ein Medikament einzunehmen, was seine Nerven beruhigte, so dass der Flug für uns alle recht angenehm verlief.

Charles hatte bereits online ein Autohaus ausfindig gemacht und für jeden von uns ein neues Fahrzeug reserviert, da wir unsere alten bereits in Maine abgestoßen hatten. Somit brauchten wir nur noch ein Taxi, das uns vom Flughafen zu dem Händler brachte. Ich quietschte vor Freude, als der Verkäufer mir die Schlüssel meines brandneuen Mini Cooper in die Hand drückte. Charles war vernünftiger gewesen und hatte sich für einen Geländewagen entschieden, ich jedoch war noch nicht bereit für solch eine Familienkutsche.

Seit Jahren lagen sowohl Grandma als auch er mir in den Ohren, meine alte Schrottkarre gegen etwas Neues einzutauschen, und aufgrund des Umzugs und der bevorstehenden Mutterschaft hatte ich nun endlich auf sie gehört. Warum eigentlich nicht schon viel früher?

Ich schätze, ich wollte mir den Wagen selbst verdienen, anstatt es meiner Großmutter, meinem Mann oder meinem Kater zu überlassen, die Kosten dafür zu übernehmen. Charles überzeugte mich letztendlich davon, mir diesen kleinen Luxus zu gönnen und ihn als Belohnung für meinen neuen Job anzusehen.

Ja, stellt euch vor, ich hatte tatsächlich einen neuen Job, und an den war ich auf höchst ungewöhnliche Weise geraten. In Vorbereitung auf unseren Umzug hatte ich mein Social-Media-Profil wieder reaktiviert und begonnen, mich vor Ort in unserer neuen Heimat nach Unternehmen umzusehen, die ich irgendwie unterstützen konnte. Dazu änderte ich meinen Wohnort in Boulder, CO, und siehe da, ich bekam direkt lokale Werbung angezeigt.

In einer der Anzeigen poppte mein Meme

zusammen mit folgenden Worten auf: *Auch Tiere sprechen. Es liegt an Ihnen, sich anzuhören, was sie zu sagen haben. Kommen Sie vorbei zu einem Vortrag der besonderen Art, mit der berühmten Tierverhaltensforscherin Meredith Greyson. Der Eintritt ist frei, aber Spenden für unser Tierheim sind natürlich mehr als willkommen.*

Ich beschloss, der Organisation, die diese Veranstaltung sponserte – eine Tierschutzgruppe – eine Nachricht zu schicken. Ich stellte mich ihnen vor und bat um eine Aufzeichnung der Veranstaltung, da ich zum Zeitpunkt des von Dr. Greyson geplanten Vortrags noch nicht vor Ort sein konnte.

Sie erkannten mich anhand meines Profilbildes, und von da an entwickelte sich alles rasend schnell. Bevor ich mich versah, war ich eingestellt – nein, nicht nur eingestellt, es wurde sogar extra für mich eine ganz neue Stelle geschaffen.

Zukünftig sollte ich helfen, die Bewohner des Tierheims an ihr perfektes neues Zuhause zu vermitteln. Ich würde meine Fähigkeit dafür nutzen, aussagekräftige Adoptionsprofile zu erstellen, in denen genau beschrieben wurde, was sich jedes der Tierchen von seiner neuen Familie erhoffte. Zudem würde ich bei allen Treffen mit den potenziellen

Eltern anwesend sein, um sicherzustellen, dass beide Seiten zueinander passten.

Okay, der Job war vorerst nur ehrenamtlich, aber ehrlich gesagt brauchte ich das Geld auch nicht. Ich wollte einfach wieder eine Aufgabe, und diese schien wie für mich geschaffen.

Schon nächste Woche sollte es losgehen, aber zumindest bis dahin blieb Charles und mir etwas Zeit, um uns in unserem neuen Heim einzuleben. Wir mussten jede Menge Möbel einkaufen, um unser neues, neokoloniales Domizil gemütlich einzurichten. Okay, es war wesentlich kleiner als unser bisheriges Haus, aber wir hatten uns von Anfang an darin verliebt.

Die herrschaftliche Villa hatte sich stets so angefühlt, als wäre noch immer Ethel deren Besitzerin. Dieser Neubau hingegen gehörte ganz uns, und er lag in einem netten Viertel mit vielen anderen jungen Familien und jeder Menge Unterhaltungsmöglichkeiten für Erwachsene und Kinder. Direkt hinter der Siedlung gab es nichts als Natur pur, was mich irgendwie an Maine erinnerte. Und ... wir nannten sogar einen kleinen Garten unser Eigen, nicht unähnlich dem des Gästehauses in Virginia, wo wir Charlene gefunden hatten.

Das Beste von allem war jedoch, dass wir bereits

Freunde und Familie in der Nähe haben würden. Oma Lyn hatte einen Neubau auf der anderen Seite der Siedlung für sich reserviert und würde herziehen, sobald dieser fertiggestellt war. Christine und Grizabella hingegen waren bereits vor Ort. Uns trennte nicht nur eine kurze, achtminütige Autofahrt – nein, sie warteten bereits in der Einfahrt auf uns.

„Willkommen zu Hause, ihr Lieben!", rief Christine fröhlich und kam auf uns zu geeilt, um mich zu umarmen.

„Lasst mich auf der Stelle hier raus! Ich muss meine Frau lecken", brüllte Octocat aus seiner Box.

Ich drückte sie kurz, rannte dann jedoch los in Richtung Eingang. „Lass uns schnell die Katzen hineinbringen. Sie können es kaum noch erwarten, sich wiederzusehen."

Charles drehte den Schlüssel im Schloss herum, drückte die Tür auf und gab den Blick frei auf ein geräumiges, offenes Erdgeschoss, das mir jetzt, wo ich es mit eigenen Augen sah, noch besser gefiel.

Ja, genau wie die Autos hatten wir auch unser neues Heim ungesehen gekauft, aber die Fotos des Bauunternehmens hatten eher untertrieben. Ich drehte mich mehrmals auf dem Absatz herum, um alles in mich aufzunehmen.

„Angela!", grölte mein Kater erneut und warf sich

mit seinem ganzen Gewicht gegen die Gitterstäbe der Tür. „Wenn du nicht sofort öffnest ...“

Schnellen Schrittes ging ich zurück zum Wagen und öffnete ihm, und er überschlug sich beinahe, als er heraussprang.

„Ähm, Christine, du solltest Grizabella ebenfalls runterlassen, sonst kann ich für nichts garantieren.“

„O ja, richtig.“ Ihre Himalaya-Katze steckte in einem weltraummäßig anmutenden Rucksack, den sie sich nun mit Leichtigkeit von den Schultern schob. Dann öffnete sie den Reißverschluss, und auch Grizz hüpfte umgehend heraus und rannte auf ihrem Ehemann zu. „Mein Liebling! Ich kann noch gar nicht glauben, dass du wirklich hier bist!“

„Tu es ruhig, Baby. Zukünftig kann uns nichts mehr trennen. Ich ...“

„Octo-Papa?“, meldete sich Charlene leise miauend zu Wort.

Sie befand sich in einem kleinen Nylonträger, den Charles noch immer in Händen hielt. Ich nahm ihm diesen ab, holte das schwarze Kätzchen vorsichtig heraus und setzte es ein paar Schritte von seinen Adoptiveltern entfernt auf den Boden.

„Oh, mein süßes Mädchen“, rief Grizabella aus und schwebte auf sie zu, um ihre neu gewonnene Tochter mit Küssen zu überschütten. Beide Katzen schnurrten so laut, dass man kaum noch sein eigenes Wort verstehen konnte.

Bis Octocat auf mich zutrat und mich mit der Pfote anstupste. Ich ging in die Hocke, um ihn besser hören zu können. Charles und Christine begaben sich erneut nach draußen, um Jacques und Jillianne zu holen.

„Sieh dir doch nur die beiden an", sagte er und betrachtete seine zwei Mädels mit offensichtlichem Stolz. „Das haben wir gut gemacht, Angela, richtig gut."

Ich lächelte und kraulte ihn zwischen den Ohren. Mein Herz drohte vor Freude überzulaufen, dann jedoch fuhr er fort: „Ehrlich gesagt, mir war immer klar, dass es für mich irgendwann ein Happy End geben würde, allerdings wusste ich nicht, dass du ein Teil davon sein würdest. Was bin ich froh, dass dem so ist."

Ich lachte, und mit Hilfe von Händen und Füßen stemmte ich mich wieder auf.

Inzwischen waren auch die beiden haarlosen Katzen aus ihren Gefängnissen befreit und rannten sofort nach oben, um sich zu verstecken.

„Wir müssen ihnen etwas Zeit geben, sich einzugewöhnen", sagte ich und schwor mir, alles zu tun, um ihnen zu helfen, diesen Ort als ihr neues Zuhause zu akzeptieren.

Dann schlang ich meinen Mann beide Arme um den Hals und gab ihm einen liebevollen Kuss. „Willkommen zu Hause, Mr Longfellow.“

Er erwiderte ihn und wiederholte meine Worte: „Willkommen zu Hause, Mrs Longfellow.“

Ein leichtes Kratzen an der Tür ließ uns einen verwirrten Blick auszutauschen.

„Erwartet ihr noch jemanden?“, erkundigte Christine sich und wir schüttelten vehement den Kopf.

„Dann wollen wir doch mal sehen, wer es ist“, verkündete ich, ging zurück zur Tür und riss sie auf.

Ein vertrauter maskierter Bandit stand auf meiner neuen Veranda, streichelte seinen Schwanz und schenkte mir ein zähnefletschendes Lächeln. „Ihr habt doch nicht ernsthaft angenommen, ihr könntet euch ohne mich aus dem Staub machen, oder?“, verkündete er und drängte sich an uns vorbei nach drinnen.

„Aber Pringle, wie bist du …?“

„Ich bin früher abgereist. Die Möwen haben mir geholfen, die Strecke auszuarbeiten, und unterwegs habe ich mich einfach auf die Ladefläche von alten Trucks geschlichen und bin ziemlich gut vorwärtsgekommen. Es ist erstaunlich, wie zuvorkommend

Menschen sein können, wenn sie nicht wissen, dass du da bist."

„Also ich freue mich riesig, dass du hier bist", versicherte ich ihm. Der Müllpanda war nämlich bereits etliche Tage vor unserer Abreise spurlos verschwunden, und ich hatte schon befürchtet, ihn womöglich nie mehr wiederzusehen. Wie Octocat war ich froh, dass ich mich diesbezüglich ebenfalls geirrt hatte.

„Wir hätten dich ja im Flieger mitgenommen, aber ..."

„Ja, ja, ich weiß schon, es ist illegal, Wildtiere sein Eigen zu nennen. Hat irgendwas damit zu tun, dass man sie angeblich nicht zähmen kann. Die haben ja keine Ahnung!"

„Ich werde dir gerne ein Baumhaus bauen", bot ich an, „aber hier drinnen kannst du nicht bleiben, das ist dir schon klar, oder?"

„Logo. Ich wollte mich nur kurz als dein neuer Nachbar vorstellen", sagte er, winkte und begab sich wieder nach draußen. Bevor er jedoch endgültig verschwand, rief er noch kurz über die Schulter zurück: „Lass mich wissen, sobald mein neues Domizil fertig ist."

Ich schloss die Tür hinter ihm, und fast gleichzeitig klingelte mein Handy.

„Hi, Grandma", begrüßte ich sie glücklich.

„Wie war euer Flug? Ist alles glattgegangen? Du hast vergessen, mich anzurufen."

„Oh, bitte entschuldige. Wir sind gerade erst angekommen, und Grandma, es ist wunderschön hier. Du wirst es lieben, wenn du und Grant nächsten Monat her kommt." Ja, wir hatten bereits Besuchstermine für ein komplettes Jahr ausgearbeitet, und selbst diese würden wahrscheinlich nicht ausreichen.

„Das freut mich, Liebes. Dann bitte entschuldige den Überfall, aber ich konnte es kaum erwarten, dir die Neuigkeiten zu erzählen." Sie senkte die Stimme zu einem verschwörerischen Flüstern, so dass ich sie kaum noch verstehen konnte. „Grant und ich sind an eurem alten Haus vorbeigefahren, und die neuen Besitzer ziehen bereits ein."

„Prima. Ich hoffe, es gefällt ihnen genauso gut wie uns."

„Nein, das sind nicht die wirklichen Neuigkeiten." Dramatisch, wie sie nun eben einmal war, hielt sie für einen Moment inne. „Irgendetwas stimmt nicht mit denen, dessen bin ich mir sicher."

„Inwiefern?" Ich biss mir auf die Unterlippe, um mir das Grinsen zu verkneifen.

Großmutter jedoch ließ sich nicht beirren. „Ich

weiß es nicht, es ist einfach nur so ein Bauchgefühl. Angie, ich glaube, wir haben einen neuen Fall."

Diese Aussage brachte mich endgültig zum Lachen. „Das glaube ich eher nicht. Ich bin raus aus dem Geschäft, schon vergessen? Inzwischen arbeite ich im örtlichen Tierheim als Spezialistin für die Vermittlung von Tieren in passende Familien."

„Du magst ja raus sein, aber ich bin es nicht", fuhr sie geheimnisvoll fort, und ich wünschte, es wäre ein FaceTime-Anruf gewesen und nicht nur ein normales Telefonat.

Was willst du damit sagen?", fragte ich verwirrt.

„Wärst du verärgert, wenn ich Pet Whisperer P.I. wieder aufleben lassen würde?"

„Natürlich nicht, Grandma, aber dieses Business gehört der Vergangenheit an. Zudem", erinnerte ich sie, „kannst du nicht mit Tieren sprechen."

„Es geht doch nur um den Namen. Du wolltest doch auch nie, dass die Leute erfahren, wozu du eigentlich fähig bist, Liebes. Und, ob es dir gefällt oder nicht, du hast dir einen gewissen Ruf erarbeitet. Den kann man doch nicht einfach so ungenutzt lassen. Was hältst du von Pet Whisperer, Incorporated? Das wäre ein wenig anders als zuvor, aber die Idee dahinter bliebe dieselbe."

Als ich merkte, dass sie es hundertprozentig ernst

meinte, gab ich schließlich nach. „Ich finde, das hört sich gut an. Also, wenn du wirklich möchtest ... die Firma gehört dir.“

„Angie, Liebes, ich glaube nicht, dass ich eine Wahl habe“, erwiderte sie.

Und so starb mein Business und erwachte kurz darauf unter einer neuen Besitzerin wieder zum Leben. Ich hatte aus all den Jahren als Tierflüsterin so einiges für mich mitgenommen ... jetzt war ich gespannt, was meine verrückte Großmutter daraus machen würde.

MEHR BÜCHER ZUM LESEN

Mein Name ist Gracie Springs, und ich habe keine magischen Kräfte ... aber mein Kater allem Anschein nach schon! Ich hatte da zunächst so ein Gefühl, als ich sah, wie er einem Rotkehlchen in unserem Garten hinterherjagte und ungewöhnlich hoch in die Luft sprang. Als er dann auch noch mit mir sprach, gab es keinen Zweifel mehr!

Zu allererst hat er sich über den Namen beschwert, den ich ihm gegeben habe – dabei passt „Flauschi" einfach perfekt zu ihm und seinem Wuschelfell! Mittlerweile haben wir uns auf „Merlin, der magische Flausch" geeinigt. Seiner Ansicht nach spiegelt das zumindest seine ehrbare Abstammung ausreichend wider.

Anschließend hat er mir eröffnet, dass ich als

seine Vertraute über seine geheimen Kräfte Stillschweigen bewahren muss, andernfalls würde ich für den Rest meines Lebens ins magische Kittchen wandern. Hätte ich gewusst, dass ich ständig seine Spuren verwischen und mich aus ziemlich brenzligen Situationen herausflunkern muss, hätte ich nicht so leichtfertig eingewilligt.

Als schließlich auch noch mein Chef, der Besitzer des örtlichen Cafés, mausetot umfällt, wenden sich die Dinge von kompliziert zu unmöglich … insbesondere, weil ich in aller Augen scheinbar die Tatverdächtige bin.

Hoffentlich hat mein magischer Kater noch einige Zaubertricks auf Lager, um uns aus dieser Situation zu retten, sonst stecke ich wirklich in der Klemme!

Hole dir noch heute dein persönliches Exemplar und fange direkt an zu lesen.

Viel Spaß!

Mein Name ist Gracie Springs und ich bin eine ganz gewöhnliche, junge Frau. Während ich für meinen Masterabschluss in Soziologie studiere, arbeite ich nebenher als Barista. Mit den Kursen bin ich so weit durch, allerdings fehlt mir noch die zündende Idee für ein gutes Thema, über das ich meine Masterarbeit schreiben möchte. Aber genau das brauche ich für meinen Abschluss.

Ups.

Ich wohne in Elderberry Heights, einer kleinen Stadt in Süd-Georgia, in der sonst nur Rentner ab siebzig aufwärts leben. Das Haus, in dem ich wohne, gehörte eigentlich meiner Großmutter Grace, die sich für ihren Lebensabend in ein spritziges Seniorenheim nach Florida zurückgezogen hat.

Also hat sie mir das Haus, in dem sie meinen Vater und meine Onkel großgezogen hat, als frühes Erbe vermacht, weil ich ja schon immer ihre Lieblingsenkelin gewesen sei – und nicht nur, weil wir den gleichen Namen haben.

Sie hat mir zudem ihre gesamte Einrichtung dagelassen, unter anderem mindestens drei Dutzend gehäkelte Zierdeckchen, braungeblümte Sofas und goldbraune Beistelltische aus Eiche. Ich bringe es einfach nicht übers Herz, irgendetwas zu verändern ... das kann ich mir auch gar nicht leisten.

Außerdem hat Oma Grace mir diesen zerzausten Kater hinterlassen, der wenige Tage vor ihrem Umzug und meinem Einzug einfach bei ihr aufgetaucht ist. Laut dem Tierarzt ist er eine Maine Coon. Meiner Meinung nach ist er viel größer als normale Katzen, mit den Massen an gestreiftem Fell, das ihn wie einen buchstäblichen Flauschball aussehen lässt.

Deswegen habe ich ihn auch Flauschi getauft.

Unfreiwillige Katzenbesitzerin zu werden, habe ich gern in Kauf genommen gegen ein kostenloses Dach über dem Kopf, und mittlerweile ist mir Flauschi auch ein wenig ans Herz gewachsen. Er ist jedoch nicht sonderlich verschmust. Jedes Mal, wenn ich ihn hochheben wollte, hat er die Krallen ausgefahren. Zweimal ist es ihm sogar gelungen, mich ordentlich blutig zu kratzen.

Also lasse ich ihn, wo er ist. Manchmal, wenn ich ganz still dasitze und so tue, als sei ich abgelenkt, legt er sich auf meinen Schoß. Einmal hat er sogar geschnurrt.

Flauschi ist ziemlich verfressen und bedient sich beim Abendessen oft an meinem Teller. Außerdem scheint es ihm einen Heidenspaß zu machen, mitten in der Nacht wie ein Wahnsinniger durch die Gänge zu rasen.

Eigentlich hatte ich nicht vorgehabt, ihn aus dem Haus zu lassen, aber er ist ein schlaues Kerlchen und findet immer einen Weg. Schließlich habe ich klein beigegeben und eine Katzenklappe angebracht, um mich nicht mehr länger damit herumschlagen zu müssen.

Und das bringt mich zu diesem Morgen ...

Ich war spät dran, weil ich mich mit einem viel zu komplizierten Make-up-Tutorial auf YouTube abgeplagt habe. Letztendlich habe ich mir das Desaster wieder komplett vom Gesicht geschrubbt und mich für die vertraute Kombination aus Smokey Eye und dezentem Lippenstift entschieden. Es war definitiv keine gute Idee, etwas Neues kurz vor der Arbeit auszuprobieren.

Vor allem, weil mein fieser Chef nur nach einer Gelegenheit suchte, mir das Gehalt zu kürzen. Es wurmt ihn immer noch, dass vor Kurzem eine beliebte Cafékette ein paar Straßen weiter aufgemacht und ihm den Profit abgeluchst hat. Aber weil er ungeheuer stur ist und sich die Niederlage nicht eingestehen will, hat er sein ganzes Team behalten, teilt uns jedoch nur noch zu kurzen Schichten ein und versucht, an allen Ecken und Enden zu sparen.

Ein echt toller Kerl!

Da ich Flauschi seit dem Frühstück nicht mehr zu Gesicht bekommen hatte, wollte ich vor meiner Schicht noch einmal nach ihm sehen.

„Flauschi! Flauschi! Hier, Katerchen!", rief ich und schnalzte mit der Zunge, aber er ließ sich nicht blicken. Das tut er nie. Es ist meine Aufgabe, ihn aufzuspüren.

Endlich entdeckte ich ihn im Garten, mit dem Hinterteil in die Höhe gestreckt, den Körper flach auf den Boden gedrückt, bereit zum Sprung. Ein paar Meter entfernt badete ein argloses Rotkehlchen in der steinernen Vogeltränke meiner Großmutter, worin sich noch ein paar letzte Tropfen befanden, die nicht in der Sommersonne verdampft waren.

Flauschis Hintern wackelte gebannt.

Dann sprang er los, aber das Rotkehlchen bemerkte ihn und flatterte davon.

Flauschi flatterte hinterher.

Es war nicht nur ein einfacher Katzensprung. Er wirkte wie ein samtpfotiger Basketball-Spieler, der den Ball im Korb versenken will. Höher und höher folgte er seinem gefiederten Opfer. Selbst nach zwei Metern schien er immer noch weiter Richtung Himmel zu gleiten.

Plötzlich drehte er den Kopf und bemerkte mich. Seine smaragdgrünen Augen hielten meinen Blick gefangen, und für einen Moment schien er reglos mitten im Sprung festzustecken.

Dann drehte er sich abrupt wieder um, durchbrach den eigenartigen Augenblick, landete auf dem Boden und lief davon. *Was zum Henker ist denn da gerade passiert?*

Ich machte den Schlafmangel und meine wilde Fantasie für die Szene mit dem fliegenden Flauschball verantwortlich und düste mit dem Auto los in Richtung Harolds Kaffeehaus.

Obwohl ich sowohl die erlaubte Höchstgeschwindigkeit als auch ein paar Stoppschilder missachtete, kam ich drei Minuten zu spät zu meiner Schicht. Mein Chef, der gute Harold höchstpersönlich, wartete bereits hinter der Eingangstür auf mich.

Er tippte sich auf das Handgelenk, an dem er überhaupt keine Uhr trug, und keifte: „Wann kapierst du es endlich? Drei Minuten bedeuten drei Dollar, und weil das schon dein zweites Mal diese Woche ist, verdopple ich den Betrag!"

Schnaubend drängte ich mich an ihm vorbei, um mich einzustempeln.

„Gracie! Hörst du mir überhaupt zu?", fragte er und watschelte mir wie ein knatschiges Küken hinterher.

„Ja, Sie ziehen mir sechs Dollar dafür ab, dass ich drei Minuten zu spät bin, obwohl der Laden leer ist und Sie uns ohnehin nur den Mindestlohn zahlen. Und das auch nur, weil Sie gesetzlich dazu verpflichtet sind. Bald muss ich Sie bestimmt für das Vergnügen bezahlen, mir hier die Beine in den Bauch zu stehen, während unsere Kunden um die Ecke bei Mermaid's Brew rumhängen. Stimmt das in etwa?"

Harold lief puterrot an. „Was für eine Frechheit!", schrie er. „Wenn es nicht so teuer wäre, jemand neues anzulernen, würdest du auf der Stelle hier rausfliegen. Hast du vielleicht ein Glück, dass ich ..."

Er stolperte einen Schritt zurück, schüttelte den Kopf, und setzte erneut an. „Hör gut zu, Gracie, du hast wirklich Glück, dass ...“

Erneut brach er ab, japste nach Luft und sank innerhalb von Sekunden zu Boden.

„Harold, Harold!“, rief ich, ließ mich neben ihm auf die Knie fallen und versuchte festzustellen, ob er atmete.

Das tat er nicht.

Ich ergriff sein Handgelenk und fühlte nach seinem Puls.

Nichts.

Oh-oh.

Hole dir noch heute dein persönliches Exemplar und fange direkt an zu lesen.

ÜBER MOLLY FITZ

Obwohl USA-Today-Bestsellerautorin Molly Fitz genau genommen nicht mit Tieren sprechen kann, führen sie und ihre drei tierischen Co-Autoren oft tiefgründige und lebhafte Gespräche, während sie den alltäglichen Dingen des Lebens nachgehen.

Molly lebt mit ihrem Kind und ihrem eigenen Privatzoo irgendwo in der Wildnis von Alaska. Gelegentlich wagt sie sich hinaus, um ein exquisites Essen zu genießen, einen guten Kaffee zu trinken oder neue Tierfreunde zu treffen.

Erfahre mehr über Molly und ihre deutschen Veröffentlichungen, indem du dich gleich für ihren Newsletter anmeldest:

www.katzengeheimnisse.com

MISS DOLITTLES GEHEIMNIS

Angie Russo hat sich gerade mit dem ersten sprechenden Katzendetektiv von Blueberry Bay zusammengetan. Gemeinsam mit seiner bunt zusammengewürfelten Schar menschlicher und tierischer Helfer ist Octocat fest entschlossen, jede Situation zu retten – solange sie nicht mit seinem persönlichen Zeitplan kollidiert.

Viel Spaß mit Band 1 – **Kommissar Katerchen**

MERLINS MAGISCHE ABENTEUER

Gracie Springs ist keine Hexe … ihr Kater hingegen schon. Jetzt muss sie alles in ihrer Macht Stehende tun, um sein Geheimnis zu wahren, oder sie riskiert, den Rest ihres Lebens in einem magischen Gefängnis zu verbringen. Zu dumm, dass sie den Ärger geradezu magnetisch anzuziehen scheint!

Viel Spaß mit Band 1 – **Merlin findet eine Vertraute**

AGENTUR FÜR PARANORMALE ZEITARBEIT

Tawny Bigfords gewöhnlich zu nennendes Leben nimmt eine magische Wendung, als sie über die Leiche ihrer Vermieterin stolpert und von einer sprechenden schwarzen Katze rekrutiert wird, die Rolle der Verstorbenen als offizielle Stadthexe von Beech Grove, Georgia, zu übernehmen.

Viel Spaß mit Band 1 – **Eine Hexe für alle Gelegenheiten**

DAS GEISTERHAFTE GÄSTEHAUS (MIT TRIXIE SILVERTALE)

Sydney Coleman hat alles erreicht – und doch steht sie irgendwann vor dem Nichts. Gerade, als sie ihr neues Bed and Breakfast eröffnen will, stellt sich ihr ein Geistertrio auf Schritt und Tritt in den Weg. Die Geister bestehen darauf, dass sie den Mord an ihrer Herrin aufklärt, aber Sydney braucht dringend Geld. Wenn nicht bald ein paar zahlende Gäste eintreffen, ist ihre Spukvilla dem Untergang geweiht.

Viel Spaß mit Band 1 – ***Mörderischer Mondschein***

VERBINDE DICH MIT MOLLY

Wenn du ebenfalls ein großer Fan von spannenden, schrägen Tierkrimis bist, sollten wir unbedingt Freunde werden.

Wie wäre es, wenn du direkt einmal meine Facebook-Seite besuchst, die ich speziell für meine treuen deutschen Leser eingerichtet habe? Hier der Link dazu:

Facebook.com/Katzengeheimnisse

Oder melde dich für meinen Newsletter an und sichere dir als Abonnent gratis ein digitales Geschenkpaket, einschließlich einer exklusiven Kurzgeschichte über Octocat:

Katzengeheimnisse.com/Abonnieren

www.ingramcontent.com/pod-product-compliance
Lightning Source LLC
Chambersburg PA
CBHW050310110726
47899CB00007B/2188